王子様の婚約破棄から逃走したら、ここは乙女ゲームの
世界！と言い張る聖女様と手を組むことになりました

fairy kiss

この作品はフィクションです。
実際の人物・団体・事件などに一切関係ありません。

王子様の婚約破棄から逃走したら、ここは乙女ゲームの世界！と言い張る聖女様と手を組むことになりました

fairy kiss

【プロローグ】

――それはかつての甘い記憶。


婚約者から手渡された淡いピンク色の小箱。

その中に入っていたブレスレットにケイトは目を輝かせた。

『わあ。なんて美しいのでしょうか。ギルバート殿下、ありがとうございます』

華奢《きゃしゃ》なゴールドのチェーンに宝石が等間隔で五つ付いている。ピンクスピネル、トパーズ、アメジスト、ペリドット、ガーネット。

たくさんの宝石が使われているが、決してギラギラとした品のないデザインではない。十三歳のケイトが持つのに相応《ふさわ》しい上品で控えめなものだった。

贈り物に夢中になっているケイトの目の前には、この世の至宝とも表現されることがある、とても美しい少年がいた。彼の名はギルバート。けれど彼は仏頂面をしている。

『喜んでもらえてよかった』

それだけを言うと、押し黙ってしまった。

『ギルバート殿下、このブレスレットはどなたが選んでくださったのでしょうか？　もしかして王妃陛下でしょうか。でしたら、またお礼の手紙を書きますわ。とっても気に入りました。うれしいです』

『⁉　そ、そうか。いや、それは……』

どういうわけなのか、彼は目を泳がせている。それを見てケイトは察した。

なるほど、これを選んでくれたのは別の人間なのだ、と。

『これをお選びになったのはギルバート殿下のお母上……王妃陛下ではないのですね？　では侍従の方でしょうか。私の好みを知ってくださっていて本当にうれしいです』

彼の後ろに控えている侍従に視線を送れば、白髪と笑い皺《じわ》が目立つ彼は慌てたようにぶんぶんと首を振る。

どうやら違うようだった。

（おかしいわ……？）

では、このブレスレットは一体誰が選んでくれたのだろうか。

戸惑ったものの、ケイトはブレスレットを小箱に戻すと両手でぎゅっと抱いた。

『このように素敵な贈り物をありがとうございます。これまでにギルバート殿下からいただいた物の中で、一番気に入りましたわ。とても大切にいたします』

そう告げると、ギルバートの顔は真っ赤に染まってしまった。

引き結んだ唇と赤い顔。怒っているようにしか見えないが、彼の顔は整いすぎている。

その彼のいつもと違う表情を見られたことに、ケイトは喜びを隠せない。怒った顔ですら見惚《みと》れてしまいそうになる。

（いけないわ。こんなことを考えてしまっては不敬ね）

心の中でかぶりを振れば、美しい顔の婚約者は目を逸《そ》らしたまま口の端だけを上げた。

『……気に入ってくれてよかった。では、またの機会に』

『はい。ギルバート殿下、ごきげんよう』

ケイトはブレスレットの入った箱を抱き、婚約者との面会を終えたのだった。

【第一章】異世界から来た聖女様

——それから五年後。


穏やかな午後の、春の風がペールグリーンのカーテンをはためかせる王宮のサロン。

十八歳になったケイト・アンダーソンの戦いは、今日も繰り広げられていた。

目の前で険しい顔をしているのは婚約者のギルバートである。

ケイトより二歳年上ですっかり青年らしくなったこのエルネシア王国の第二王子は、お茶の時間に表情を緩ませることはほとんどない。

ケイトにとっては絶対に崩せない牙城、寡黙すぎる王子様だ。

その鉄仮面の貴公子は、眩暈《めまい》がしそうなほど冷たい空気を纏《まと》った声色で話しかけてくる。

「……今日は一日何を？」

「はい、王宮のパティシエと一緒にお菓子作りをしておりました」

「……そうか」

義務とばかりに話しかけられケイトは嬉々《きき》として答えたが、ギルバートはそこで黙ってしまった。早くも会話終了のピンチである。

これはいけない、ということでケイトは慌てて会話を繋《つな》げる。

「殿下がお好きなアーモンドクリームパイを焼いてみました。一口サイズに切って食べやすくしましたので、執務の合間にお召し上がりくださいませ」

「……そこに置いておけ」

「！」

ケイトが差し出したアーモンドクリームパイは直接受け取ってもらえることがなかった。仕方がないのでそれをテーブルに置く。しかも会話まで終わりそうでまずい。

けれど、こんなことで挫《くじ》けるわけにはいかないのだ。

ケイトはもう一度鉄仮面の貴公子に挑む。

「あの！　それから、庭園に新しい花を植えたと聞いたのでそれを見に行ってまいりました。これまでに見たことがない色合いと香りがとても素敵でしたわ。殿下も、今度ぜひご一緒に」

「……ああ、今度行こう」

（……）

それでもやっぱりギルバートの表情に変化はなくて、ケイトは心の中でため息をついた。

誘いに応じるように思える返答だが、この『今度』が永遠に訪れない『今度』だということは、

痛いほどよく知っている。

ここは聖女が安寧を保つ国、エルネシア王国。

アンダーソン侯爵家の令嬢、ケイト・アンダーソンはまさにその聖女として国民の平和を祈る存在だ。

ケイトが生まれた日の夜明け、無数の星が流れて教会にお告げがあった。

『王都の中央から東、白亜の館にこの国を守る青い髪の聖女が生まれた』と。

ケイトのミルクブルーの髪は体の中に聖なる力を秘めている証《あかし》である。

そして、聖女の力は保護され国を豊かにするべく役立てられるべきものだ。そのため、聖女は王族と結婚するというしきたりがある。

聖女として生まれ、しかも王族に嫁ぐのに相応しい家柄を持つケイトの婚約者は、当然のようにエルネシア王国の第二王子・ギルバートと決まった。

ケイトは、目の前の眉目秀麗な婚約者を見つめ直す。

(でも、ギルバート殿下は私のことをお好きではない……)

夜の闇を思わせる漆黒の髪と湖の底のような碧《あお》い瞳。

いつ見ても、ハッとするその顔立ちは作り物のように美しい。

頑《かたく》なにこちらへ向けてくれない視線でさえ、彼の魅力を増幅させせいる。

（推せるわ……！）

ごく自然に思い浮かんだ言葉に、ケイトはハッとし頭を振った。ギルバートもそれに気がついたようで、珍しく新しい問いを向けてくる。

「どうした？」

「いえ、あの……何でもございませんわ」

自分をまっすぐに射貫くような、冷たい瞳。

ケイトは震える手をぎゅっと握りしめ、怪訝《けげん》そうにこちらを見てくる彼をにこりと微笑《ほほえ》んでごまかす。

ギルバートはなぜかケイトに冷たい。

生まれてすぐに縁談が成立し、小さな頃は普通に仲が良かった気がする。それなのに、家庭教師がつくほどの年齢の頃から、まともな会話ができた記憶がない。

今だって、ケイトに『今日は一日何を』と話を振っておきながらこの有様である。けれどがっかりはするものの、ケイトが挫けることはない。

なぜならば。

――ケイトは、ギルバートの顔がものすごく好みなのだ。

どんなに冷たくされたって、へこたれることはない。むしろ少しぐらい冷たいほうが彼の外見にはぴったり合っていて、胸がきゅんきゅんする。

(私をアンダーソン侯爵家に生まれさせてくれたお父様、お母様、聖女に選んでくださった神様。この世界のあらゆるものたちに、感謝いたします。そして皆の幸せを)

そんなことを願いながら、今日もケイトは自分が彼の婚約者だという幸せを噛《か》みしめる。

けれど、幸せに浸り、皆の多幸を祈りすぎたようである。じっと見つめられていることに何かを勘違いしたらしいギルバートが、ソファから立ち上がってしまった。

そうして、恐れていた言葉を口にする。

「疲れているなら部屋まで送らせよう。……ジョシュア!」

「はい、殿下」

音もなく現れた側近にギルバートは視線で指示を送った。

その無言のやりとりに、今日の戦いが終わったことを察したケイトは淑女の礼をした。

(ああ。今日もギルバート殿下と一緒に過ごせる時間が終わってしまったわ……)

ケイトは心の中の落胆を感じさせないよう、にこりと微笑んでみせる。

これは意地だった。

「失礼いたします。また、お招きいただけますことを」

「ああ」

こんなに短いお茶の時間なんてあっていいのだろうか。

さっきメイドが淹《い》れてくれた紅茶からはまだ湯気があがっているし、お茶菓子にも手をつけていない。

それなのに、にべもなくあっさりと自分を見送る婚約者に、ケイトは心から誓う。


——絶対に、婚約破棄なんてさせないわ、と。


ケイトの後ろ盾、アンダーソン侯爵家は古くから続く名門である。

聖女がその名門の出だということは、王家にとってもありがたいことだった。

出自がしっかりしていて教育が行き届くことに加え、万一何かがあっても裏切らないということでもあるのだ。

聖女は王族と結婚すると決まっているが、その出自がアンダーソン侯爵家なら話は別だ。

もしギルバートがケイト以外の令嬢を見初め、その彼女との結婚を望んだ場合には願いは叶《かな》うだろう。

わざわざ婚姻という形で聖女を王族に引き入れなくても、古くから国を支えてきた名門が王家を裏切るはずがないからである。

ギルバートはケイトとお茶をする十数分の間、いつだって仏頂面だ。

もっと一緒にいたくて一生懸命話題を振っても「ああ」とか「そうか」しか言ってくれない。顔につまらないと書いてある。

それだけに、毎日ケイトはギルバートからお茶の誘いを受ける度、今日こそ婚約破棄を言い渡されるのではないか、と気が気ではない。

しかしどんなに冷たくされてもますます彼のことが好きになってしまうほど、ケイトはギルバートを一途に想《おも》っていた。

――顔がいいって強すぎるし、冷たいところもまたいい。殿方の魅力においてギャップは大事。残念なことにまだそのギャップ……主に優しさのほうを見たことがないけれど。

ケイトのお嬢様らしい清廉な佇《たたず》まいの裏には、いつもそんな想いがある。

自分に冷たい婚約者から別れの言葉を引き出させないための見えない戦いに明け暮れる日々。

そんなケイトの日常は、あっけない形で幕切れを迎えることとなる。

王宮内、聖女であり第二王子の婚約者であるケイトに与えられた私室。

すっかり日が暮れてしまった庭を眺めそろそろ寝支度をしようとしていたケイトは、バタバタと訪れた侍女から告げられた言葉に戸惑っていた。

「……異世界から、聖女様がいらっしゃったのですか」

信じたくなくて、告げられた言葉を反芻《はんすう》した。

けれど事実は変わらない。

ケイトつき侍女のアリスは悲痛な顔をしている。

「はい。今日の午後、異世界からの聖女様が急に神殿に現れたそうなのです。髪色は、神からの加護を最大限に受けていることを示す黒。……ギルバート殿下と同じだそうですわ」

「何てことなの……」

それきり何も言えなくなってしまったケイトに、アリスは申し訳なさそうに続けた。

「異世界からいらっしゃった聖女様のお名前はサクラ様といい、年齢は十七、八歳ほどということです」

（……ギルバート殿下とお似合いだわ）

胸の奥が冷たくなって、指先が震え出す。

ケイトはそれをぎゅっと握りしめ目を閉じた。

この世界にはたまに異世界から人がやってくる。

そして彼らはもれなく素晴らしい能力と知識を持っている。この国きっての商人も、王宮で重用される魔法道具をつくる凄腕《すごうで》の技師も、皆異世界人なのだという。

どうやら向こうの世界には魔法が存在せず、代わりに科学の進歩が著しいようだ。

（いけない。ぼうっとしている場合ではないわ）

自分が意識を飛ばしていたことに気がついたケイトは、慌てて立ち上がりクローゼットへと駆け込んだ。そして旅行用の鞄《かばん》を取り出し荷物を詰めていく。

「ケ……ケイトお嬢様！　一体何をなさっておいでですか」

真っ青な顔をしたアリスに、ケイトはワンピースを畳みながら答える。

「逃げる準備です」

「に、逃げる……!?」

ケイトの言葉に、アリスは驚いて固まってしまった。

しかしケイトが手を止めることはない。

ケイトとギルバートの婚約は国に決められた政略結婚。――ケイトはそう信じている。

『聖女』という地位においても異世界人が類まれな能力を持つことは容易に想像できる。つまり、異世界からの聖女が召喚された今、ケイトに勝ち目はなかった。

ギルバートは第二王子だが、王太子であるギルバートの兄フランシスは既に隣国の王女を王太子妃として迎えている。

そうなると、どう考えても異世界からやってきた『聖女様』と結婚するのは彼しかいないのだ。

もし、自分の目の前であの美しい顔に憂愁の色を浮かべ『婚約を解消しよう』なんて言われたら。

(少し、いいかもしれない……)

「！　違うわ」

ケイトは一瞬だけ浮かんでしまった邪《よこしま》な考えを、頭を振って追いやる。

とにかく、もし婚約の解消を申し入れられたら、絶対に立ち直れるはずがなかった。

ケイトが姿を消そうとしていることを察したアリスは必死で止めてくる。

「お嬢様、どうか冷静になってくださいませ。ギルバート殿下でしたら、きっとわかってくださいますわ。だって、ギルバート殿下ですもの」

「そんなはずがないわ。私はただでさえ愛されていなかったのよ。いつも、いつ婚約破棄されるのかって怯《おび》えていた……。そんな私が、異世界からいらっしゃった聖女様を差し置いて選んでいただけるはずがないの」

自分で言いながら悲しくなるが、こうなってしまっては時間がない。

ケイトは大きなトランクケースに手当たり次第本を詰め込んでいく。

これらはどれも、かつてこの国にやってきた異世界人たちが書いた恋愛小説の数々である。

ツンデレもクーデレもヤンデレも全部、エルネシア王国では乙女の心をときめかせるものとして一般的だ。

(こんなに素晴らしい物語をお考えになる異世界人ですもの。聖女様のお力もとてつもないものの

はずだわ）

そんなことを考えながら、愛《いと》しいギルバートとの思い出を反芻する。

◇

ケイトとギルバートが出会ったのは、まだ物心もつかない幼少の頃。

その頃は確かに仲睦《なかむつ》まじい関係だった。

一緒に本を読み、花を愛《め》で、王宮でかくれんぼをした。

ケイトは優しいギルバートのことが大好きだった。

それなのにいつしかギルバートはケイトと目を合わせることがなくなってしまった。

直前まで側近たちと親しげに会話を交わしていても、ケイトの目の前に来た途端、なぜかスン、と静かになってしまう。

ケイトはその落ち着いたクールな横顔もそれはそれで好きだったのだが、急激な彼の態度の変化に心を痛めていた。

ギルバートに会えると、ケイトはついうれしくておしゃべりになってしまう。

でも、彼はケイトから微妙に視線をずらして頷《うなず》くだけ。たまに微笑んでくれれば、天にも昇る心地がした。

そんな関係にもかかわらず、ギルバートはケイトのことをお茶に誘ってくれる。もうこれは義務感からの誘いに違いなかった。

ケイトは身につけたブレスレットを見つめ、ため息をつく。

ちなみに、このブレスレットは十三歳のときにギルバートから贈られたものだ。エルネシア王国では、頻繁に婚約者に贈り物をするのがマナーだ。

けれど、いちいち自分で選ぶことはめったにない。大体は側近や母親などが相手の好みをリサーチして贈るのが一般的だ。

ご多分に漏れず、ケイトに送られてくるギルバートからのプレゼントもほとんどがそんな感じだった。でも、このブレスレットだけはいつものプレゼントとどこか違う気がした。

(何というか、このブレスレットは私にぴったりだったの。デザインも色合いも。いつもとは違う方が選んでくださったみたいに)

ブレスレットに付いている五つの石は色鮮やかに輝いていて、初めてこれを手にした日と変わらない。違うのは、自分の心情だけだった。

(まともに会話に応じてくださらないのは悲しいけれど、毎日ギルバート殿下のお顔が見られるだけで幸せだったはずなのに)

◇

トランクケースに荷物を詰め終わると、いよいよ侍女のアリスが泣きそうになっていた。

「お嬢様。とにかくお待ちくださいませ。今、ギルバート殿下にご相談できるよう取次ぎをお願いしてまいりますから！」

「アリス、待って」

ケイトが止めるのも聞かず、アリスは慌てて部屋を出て行ってしまった。

（……時間がないわ。もし、アリスが運悪くギルバート殿下への取次ぎを叶えてしまったら。……きっと今日、私の目の前で彼から婚約を解消する言葉が告げられる。そんなの、絶対に嫌！　せめて、私の知らないところでお願いしたい）

ケイトは、机の引き出しを開けて便箋を取り出し、ギルバートへのメッセージを走り書きする。『今回の件は、すべて、国王陛下の裁可に従います』という内容だ。

アリスの目に付きやすいよう寝台横のサイドテーブルの上にそれを置くと、重いトランクケースを引きずってそろそろと廊下に出た。


ケイトは、キョロキョロと廊下を慎重に見回す。

（誰もいない……うん、大丈夫だわ）

アリスが戻ってくるまでにこの王宮から誰にも見つからず逃げ出さなくてはいけない。

でも、本ばかりが入っているトランクケースは思ったよりも相当に重かった。普段自分で重い荷物を持たないケイトの細腕では運ぶのが難しい。

(幼少の頃から出入りしている王宮だけれど、無事にここから抜け出せるのかしら)

トランクケースを引きずりながら移動を始めたものの、不安に襲われる。

その瞬間、甲高い少女の声が響いた。

「あああああっ！　本当にいたああああ！　ケイト・アンダーソン侯爵令嬢‼」

(いけない、見つかってしまったわ)

声がしたほうを確認すると、そこには肩までの艶々の黒い髪が特徴的な少女がいた。

知性を感じさせるきりっとした目。

神秘的な髪の色と同じ黒い瞳。

そして淑女にしては珍しい膝が出るスカートを穿《は》いている。そこから伸びる足がすらりと長く、シンプルに格好いい。加えて、なぜか彼女は瞳をキラキラさせ頬を赤らめていた。

(……ああ、彼女が聖女サクラ様なのね)

ぼうっとした頭でケイトがそう思う間に『聖女サクラ様』は興奮した様子で走り寄ってくる。

「すごい！　あのケイトが目の前に！　真っ白なお肌がツルツル！　パールみたいな薄いグレーの瞳がほんっとうにかわいい！　唇がピンク！　しかも見事なさくらんぼ色！　そして何よりもミルクブルーの髪がきれー！　こんな美しい色見たことない！　やば……どうしよう！　ああっ……も

う、良き……！」

妙なテンションで叫ぶ淑女に慣れていないケイトは、表情を硬くして後ずさった。

「い……異世界からいらっしゃった聖女サクラ様でいらっしゃいますね。ごきげんよう。私、急いでおりますので。では」

こうしてはいられない。ケイトは一刻も早く逃げ出さなくてはいけないのだ。

けれど、くるっと踵《きびす》を返したケイトの腕をサクラはがっしりと掴《つか》んだ。

「待って！　その荷物、私が持つわ。ケイトには難しいでしょう？　私は、店の手伝いで重い荷物には慣れているから大丈夫よ！」

「い……いえ、結構ですわ。お心遣い、感謝申し上げます」

とは言ったものの、ケイトは慌てて重いトランクケースを引きずったので、絨毯《じゅうたん》を巻き込んで踏んでしまう。さらにそこにドレスの裾が絡まって、うっかり転びそうになってしまった。

「きゃあ」

「……大丈夫？」

サクラは右手でケイトを抱き止め、左手でトランクケースを持ち上げている。

華奢な少女なのに、どこにこんな力があるというのか。異世界から来た方はやはりすごい、ケイトがそう思いかけたところで、サクラは笑った。

「だから慣れているって言ったでしょう？　うち、パン屋なんだ。重い小麦粉の袋とか、よく持ってるし」

「パン屋……さんですか」

魔法や魔法道具が当たり前にあるこの世界で生きるケイトにとっては『パン屋＝力を使う』の構図がわからない。

思わず会話に応じたケイトに、サクラは思い出したように笑う。

「あっ、今はそんなことどうでもいいのか！　ケイトは逃げるところなんだもんね！」

「は、はい……いいえ！　ええ、まあ」

（どうしてわかるの？　確かに、こんな大荷物を持って少し怪しいかもしれないけれど）

ケイトが疑問を口にする前に、サクラはすたすたと歩きだした。

重いはずの荷物をまるでハンカチかと錯覚するような軽やかさである。

「じゃあこっち！　脱走するなら、玄関からではないわよね！」

さらに、サクラは今日召喚されたばかりだというのに、王宮内を躊躇《ためら》いなくぐんぐんと進んでいく。そうして大声で興奮している。

「すごい！　ファンブックにあったエネシー城の図面とまったく同じ！　破けるほど読んでおいてよかった！　あ、破けたのは悲しかったけど！」

ケイトにはサクラの言っている意味が全然理解できない。

でも、この聖女様が王宮からの逃走に協力しようとしてくれていることだけはわかった。

（初対面の私にここまで……なんてお優しい方なの）

「ケイト！　こっちにスロープがあるわ！　ここからならそのドレスでも下りられる！」

聖女サクラの声は大きい。けれど、品がないとはまったく思わなかった。それどころか、明るく快活で眩《まぶ》しすぎるように感じられる。

淑女たるもの振る舞いは淑《しと》やかに、と教え込まれてきたケイトの目には、サクラの立ち居振る舞いがすべて新鮮で魅力的に映った。

ケイトは庭のほうから差し出されたサクラの手を取る。

誰にでも分け隔てない優しさと、圧倒的な包容力に眩暈がしそうだった。

「聖女サクラ様、痛み入ります」

「庭のここら辺はあまり手入れがされていないみたいだから、気をつけてね」

「はい、本当にありがとうございます」

庭に足を下ろすと、パキッと音がする。ふかふかの雑草の感触。

（そうだわ、靴が……こんなヒール靴ではなく、もっと歩きやすい靴を履いてくるべきだったわ）

後悔していると、ふと思い出したようにサクラが怪訝な表情をした。

「ねえ。そういえばこの異常に重いトランクケースの中に何が入っているの？」

「はい、お気に入りの本が……」

何もかも協力してくれるサクラの姿勢に、ケイトは何の疑いもなく答える。

すると、サクラの表情は一変した。

「えええええ！　だめよ。これから逃げるんでしょう？　宝石とかドレスとか、換金できる金目の物を持ってこないと！　ほら、一旦部屋に戻るわよ！」

サクラが大声を出しながら今来た道を戻ろうとするのを、ケイトは慌てて止めた。

「お待ちくださいませ、聖女サクラ様。今戻るわけには」

（今戻ったら、侍女のアリスがギルバート殿下と一緒に戻るところに鉢合わせしてしまうかもしれないわ）

焦ったケイトは続ける。

「それに、お金なら持っています」

「だめだよ！　ケイトが安全に暮らすためにはいくらあっても足りないんだから！　お金を稼ぐために変なイベントをこなしてたらハッピーエンドなんて永遠にこないよ？　早く戻ろう」

（……変なイベント……ハッピーエンド？）

ちょっと意味がわからない。けれど、そのほかの部分に関してはサクラが言うことは確かに一理あった。

ケイトが自由に動かせる範囲のお金なんてたかが知れている。逃走資金はすぐに底をつくだろう。しばらくのホテル暮らしはできたとしても、その先は見えない。

（聖女サクラ様のおっしゃる通りだわ。細々と家庭教師をしたり、得意の刺繍《ししゅう》を活かしてなんとか暮らしたいと思っていたけれど、私は世間知らず。きっとお金はいくらあっても足りないわ。でも、今部屋に戻ったら見つかってしまうかもしれない）

ケイトの心配を見透かしたように、サクラは笑う。

「大丈夫！　ギル様なら今国王と王太子を説得中でケイトの部屋にはしばらく誰も来ないよ。説得するつもりが逆に酒を飲まされまくって、朝になっちゃうんだから！　国王と王太子もギル様のケイトへの気持ちを知っているから、からかって飲ませまくっちゃうんだよねー。婚約解消なんてさせる気は皆無なのに！　でも、ギル様ってそういうピュアなところが推せる！」

また一気に饒舌《じょうぜつ》になったサクラに、ケイトはぽかんとした。

（……〝推せる〟）

それは異世界が発祥の言葉である。

普段のケイトはその言葉を応援するとか尊さを分かち合いたいとかの意味で使っているけれど、つい今聞いたばかりのネイティヴの発音を心の中で反芻してしまった。

（推せる、を除いては聖女サクラ様がおっしゃることの意味がわからないわ。……でも、サクラ様とギルバート殿下はもう気軽に愛称を呼び合う仲なのね。そして私の部屋にはしばらく誰も来ない。ギルバート殿下と仲良くなられた聖女サクラ様がおっしゃるんだもの、間違いないわ）

いつか、こんな日が来るかもしれないと覚悟はしていた。けれどまさかこんな急に来るなんて。

ケイトは沈んだまま立ち直れない。

しかし、サクラはそんなことお構いなしだった。

「ほら、ついでにその動きにくそうなドレスも着替えて、靴も履き替えよう！　そんなんじゃ、いいとこのお嬢様だってすぐにばれちゃうよ⁉」

サクラは嬉々としてケイトの部屋へと続く階段を駆け上っている。

生き生きとした表情はとてもかわいらしい。

（きっと、聖女サクラ様とならギルバート殿下も会話を交わし、笑顔を見せてくれるのかもしれないわ）

そんなことを考え、苦しくて目が潤みそうになるのを堪《こら》えながら、ケイトはサクラに続いたのだった。


部屋に戻ったケイトはサクラの指示通りトランクケースの中身を入れ替えることにした。

（とにかく、本は最低限にして……お金に換えられるものを持っていけばいいのね）

お嬢様育ちのケイトは荷造りも不慣れである。

隣では、サクラが当然のようにトランクケースを開け、中身を確認している。

どうやら率先して荷造りを手伝ってくれるらしい。

「うわっ！　重いと思ったら分厚い本が五冊も入ってる！　しかもこれカバーイラストがめっちゃ好み！　表紙にイケメンが何人もいる！　塗りが綺麗《きれい》すぎ……！　ねえケイト、これの絵師さん誰？　神だね苦しい涙でる」

（絵師……？　何のことかしら。あ、もしかして）

首を傾《かし》げてしばし考えてから、ケイトはやっとその可能性に思い至った。

「こちらのカバーイラストは、モエ・スズキ先生がご担当を」

装画を担当している異世界人の名前を答えると、サクラはうっとりとする。

「へー！　こっちの世界にも神絵師さんっているんだぁ。なんか日本人みたいな名前だね？　でも、本が入ってるって聞いたときは問答無用で置いていけって気分になったけど、これ見ちゃうとなぁ。……良いよね……はあ」

「はい、とても素敵だと思いますわ」

とろんとした瞳で表紙を見つめるサクラに、ケイトは親近感を覚えた。

実は、ケイトはわかりやすいオタクである。

普段は隠しているけれど、王都の端にあるアンダーソン侯爵家にはケイト専用の書斎がある。

その、窓がなく四方を壁いっぱいの本棚に囲まれた部屋の中央には一人掛けのソファが置かれていて、実家に戻るとケイトはそこで一日を過ごすのだ。

表向きは音楽や乗馬、挿絵のない小説が趣味だということになっているが、本当は華やかな絵柄で描かれる恋愛の物語が大好きだし、その延長上で男性同士の恋愛もなくはない……というかありよりのありである。その本当の趣味はギルバートにさえ明かしていない。

推し装画師に理解を示してくれそうな聖女サクラだったが、ケイトはこの本の素晴らしさについて語りたい気持ちをぐっと堪える。

今はそれどころではないのだ。

ケイトは唇を噛み、五冊入っていた本のうち、二冊を本棚に戻す。

「荷物は最低限にいたしますわ」

「気持ちはわかるよ……ほんとつら……」

「お金に換えられるものを詰めますわ」

と言いつつも、ケイトが持っている宝石の多くはギルバートから贈られたものだった。

いくらギルバートが冷たい婚約者とはいえ、身の回りの品を贈るのはエルネシア王国での義務でありマナーだ。しかしケイトにとっては全部大切な贈り物。あれもこれも、売り払うことなんて絶対にできない。

(持っていったらきっといつか売ることになる気がするし、かといって置いていくのも)

クローゼットいっぱいのジュエリーを前にすっかり固まってしまったケイトを、サクラが覗《のぞ》き込んでくる。

「もしかして、ギル様にもらったジュエリーを持っていくか迷ってる？　いくつか持っていったほうがいい……と思うけどどう？」

まだ何も言っていないのに、サクラはケイトが何を考えているのかすぐに察したようだった。

（さすが異世界からいらっしゃった聖女様だわ……）

「そうですね。自分で購入したもののほかに、ギルバート殿下にいただいたものもいくつか持って行くことにします」

そう答えてケイトは身につけたブレスレットを触り少し考えてから、将来結婚指輪をつくるために買ってもらった石をそっとトランクケースにしのばせる。

あとは生活資金にするため、自分で購入したものを選んだ。

急ごしらえの荷造りを終えたケイトは、ドレス用のクローゼットからサクラに動きやすそうなワンピースを選んで手渡した。

鮮やかなカメリアピンクの生地は、サクラの溌剌《はつらつ》とした明るい雰囲気にぴったりに思えた。

「聖女サクラ様、これをお召しになってください」

「えっ？　貸してくれるの？」

「ええ。その服では動きにくいでしょう。……脚が見えています」

サクラのスカートはケイトからするととても短い。

さっきから、階段を上ったり自分を支えたりしてくれているうちに、下着が見えやしないかとケイトはひやひやしていた。

（聖女サクラ様は、私の荷造りを手伝ってくださった優しいお方。サクラ様がギルバート殿下の前で恥ずかしい思いをしないようにしなくては）

けれど、ケイトの思いはいまいちサクラに伝わっていないようである。

ワンピースを頭からすっぽりと被《かぶ》ったサクラは、服の胸のあたりを引っ張っておどけている。

「私的にはこっちのお上品なワンピースのほうが慣れてなくて動きにくいかも……って、わあ！　どうしよう！　この辺がぶかぶかだわ！　あはは！」

（聖女様は随分変わっているけれど、素敵な方ね……）

くるくると変わる表情は恋敵であるはずのケイトにも愛らしく、かわいらしく思えた。

ケイトは少し首を傾げてサクラの姿を眺めてから微笑む。

「ここには、じきに私の侍女であるアリスが戻ってくるはずです。彼女に頼めば、そのワンピースもきっとちょうどいいサイズに直してくれますわ」

「あっそうなんだ！　助かる～！　やっぱり異世界では馴染《なじ》まないとだよね」

そうして、ケイトはサクラの背中に回り、細かなボタンを留めながらさらに続けた。

「この部屋にあるものは、聖女サクラ様のお好きなようにしていただいて構いません。……どれも、あなたのものになるはずの物たちですから」

王宮のこの比較的奥まった場所に設けられたケイトの部屋は、王子殿下の婚約者という立場を考えて与えられたものだった。

現時点でギルバートは王位継承者ではないが、それでも婚約者に対するお妃《きさき》教育は長いものになる。ケイトは数年前からこの部屋を賜り、週に数度は滞在するようになっていた。

（そう。もうこの瞬間から、私の部屋は聖女サクラ様のものなんだわ。私はもうギルバート殿下の婚約者ではないんだもの。でも、私は今まで幸せだったわ。ギルバート殿下のお顔をあんなに近くで眺められる毎日を送ってこられたのだから）

感傷に浸るケイトに、サクラはあっさり言った。

「え？　私、ケイトと一緒に行くんだけど」

「「……」」

暫《しば》しの沈黙が流れる。

「あの……聖女サクラ様？」

聞き間違いかもしれない、と目を瞬かせるケイトに、サクラは念押しをする。

「だから、私はケイトと一緒に行くの」

「……ど、どういうことですか。いけません。あなた様はこのエルネシア王国を光に導く聖女様です。この国を離れるなんて」

やっと状況が呑《の》み込めた。

このサクラは、自分と一緒に逃走すると言っているらしい。

しかし、そんなことを許してはいけない。聖女は国の安寧のため絶対に必要なのだ。

「そうよ。聖女であるケイトは、長期でこの国を離れてはいけないの。旅行ぐらいなら大丈夫みたいだけど……だから、逃亡先は王都に隣接した小さな町と決まっているのよ！」

「いいえ。聖女は異世界からいらっしゃったサクラ様で……」

堂々巡りの会話に、サクラがしびれを切らす。

「あー！　もう違うの！　とにかく、いい？　私は絶対にケイトと一緒に行くの。だって、町に辿《たど》り着くまでに、分岐が三つもあるのよ!?　心配で一人では行かせられないの！　ギル様との会話なんて何一つないのに、本当に信じられないと思わない!?　初っ端《しょぱな》で間違っただけでハッピーエンドじゃなくなるなんて、難易度高すぎなのよ！　まぁ、だからこそケイト×ギルバートのハピエンは尊いんだけどね！」

「あ……あの、聖女サクラ様？」

サクラは不思議な話になると急に饒舌になる。

ケイトはどうしてもついていけなくて、呆気《あっけ》にとられてしまった。

「あ、ごめん」

困り顔のケイトに気がついたサクラは、こほん、と咳払《せきばら》いをしてから続ける。

「とりあえず、移動手段は馬車でも徒歩でもないの。正解の選択肢は辻《つじ》馬車！　行き先は、王都に隣接するミシャの町！　あとは……まあ、私が一緒に行くから問題ないよね！　行くわよ！　ケイト！」

（いけないわ。だって、異世界から来た聖女サクラ様はギルバート殿下の未来の伴侶でこの国の聖女になられるお方、私と一緒にここを出るなんてだめよ。お止めしなければ）

そう思ったケイトだったが、サクラの勢いを止められるはずがない。何度引き止めて説得しても、異世界での不思議な話を持ち出されて困り果てた。

お嬢様育ちのケイトはサクラに体力を削られ、押し切られ、いつの間にか二人並んで辻馬車に乗っていたのだった。


王宮から少し離れた場所で、辻馬車は簡単に捕まった。

サクラが食い気味で行き先を告げれば、御者は「遠いから代金が二割増しだけどいいかね」と確認してくれた。

ケイトが頷いて、馬車は無事に目的の町へと向かって走り出す。

(辻馬車なのに、随分と派手な客車だわ。物語の挿絵に描かれたら映えそうな豪華さね)

意外にも高級な造りの馬車に落ち着いたところで、ケイトはずっと気になっていたことを問いかけた。

「あの、聖女サクラ様」

「なに？」

「先ほどから聖女サクラ様がおっしゃっているのは、神からのお告げ……のようなものなのでしょうか」

「はい？」

サクラは目を見開いて首を傾げた。何を言っているのかわからないという表情だ。

でも、意味がわからないのはケイトも同じである。なぜなら、さっきからサクラは不思議な話ばかりをしているのだ。

推せると尊いはすぐに理解したが、そのほかについては意味不明なことだらけ。

ただ、小さい頃から聖女としての矜持《きょうじ》を教え込まれてきたケイトにとって、本当の聖女であるはずのサクラの言うことは絶対だった。

そして頻繁に神からのお告げを口にするサクラが眩しくて仕方がない。

「私もお告げに近いものは受けたことがあるのですが……異世界からいらっしゃった聖女サクラ様はやはり違いますね。そんなにはっきりと見えるなんて」

嘆声を漏らすケイトの様子にはお構いなしに、サクラは「ちがーう！」と大声で言いケイトの両手を握った。

固く、強く。

「いいですか、ケイト。私は、あなたとギル様のハッピーエンドが見たいの。ハピエンからのエンディングには、それまでのあらゆる苦労をなぎ倒していく力があるの。すべてのオタクに生きる力を与えてくれるんだよ、わかる？　だから、ハピエンは、尊い」

「ハピエンは、と……尊い」

あまりにも真剣な様子に、ケイトは思わず復唱する。

すると、サクラは堰《せき》を切ったように喋《しゃべ》り出した。

「シナリオでは、聖女云々《うんぬん》は関係なくギルバートに愛されていないと信じ込んだケイトが一人で姿を消すっていう内容なのよ！　そして、彼は国中を捜索するの。で、ケイトを見つけた彼は身分を隠してもう一度すれ違いからの真実の愛を見つけるっていうストーリー……あああ！　めちゃくちゃ回りくどいけど、そこがいいの！」

二人の『ハピエン』に関わると、やっぱり、サクラの感情は決壊するようだった。

（残念だけれど、聖女サクラ様がおっしゃることは何ひとつわからないわ。でも明日のお祈りは彼女と一緒にするべきね。そして、サクラ様の気が済んだところで王宮に帰ってもらわなければ）

今日の出会いは運命なのかもしれない。これまで自分が聖女として生きてきたのは、実はこの日のためだったのではないか。

（だとしたら、私には異世界から来たばかりの聖女様を守る義務があるわ）

辻馬車に揺られ、目の前で生き生きと話すサクラを眺めながら、ケイトは固く決意したのだった。


移動中、サクラはケイトに自分の話をしてくれた。

「私はね、市川《いちかわ》さくらって言うの。この世界風に言うと、サクラ・イチカワだね！　ケイト様と同じ十八歳よ。今日、大学の帰りにトラックに轢《ひ》かれちゃって……あそこで私は死んだのよ、たぶん」

「サクラ様……」

ケイトにも、異世界から来る人々は異世界での人生を終えた上で来ているという知識はある。『トラック』が果たして何なのかはわからなかったけれど、壮絶な悲しみと不運が彼女を襲ったのであろうということは想像できた。

（こんなに優しくてかわいらしい聖女サクラ様が……随分お辛《つら》い目に）

それでは心の痛みが癒えていないだろう、と想像し何と声をかけていいかわからなかったケイトだったが、サクラのバイタリティはその斜め上を行くようだった。

「……で！　目覚めたら乙女ゲーム『エルネシア王国の軌跡』の中にいたっていうわけ！　この幸運を信じられる⁉　だって私、死ぬ直前に考えたのが『あー、ケイトとギルバートのハピエン見てない！』だったんだもん。どうしてもこのルートだけは難しくてクリアできなくて！　ネットで攻略サイト見るのはなんかポリシーに反するし！　推しは私の手で幸せにしたいし！　だよね？」

「え……ええ、そうかもしれません」

ケイトは何となく頷いてしまう。

勢いに押されたのはもちろんあるけれど『推しは自分の手で幸せにしたい』というのは、慕う相手を自分が幸せにしたいという類の意味なのだろうか。

（いいえ。それに近い概念はこの国にもあるわ。私も、大好きな本の登場人物が金糸で刺繍されたハンカチを全種類揃《そろ》えてしまったもの。作家さんのためになればいいな、って思った瞬間記憶が飛んで、翌週には馴染みの商人が恐ろしい請求書を）

ケイトにとって背筋が寒くなる夏の思い出である。

ちなみに、それは名門侯爵家にとっては取るに足らない金額だった。ケイトにとって恐ろしいのは、金額ではなく品物の詳細のほうだった。

ケイトが回想をしている間に、サクラは嬉々として今日の出来事を話してくれる。

「で、目の前にいたのがギル様の護衛騎士のジョシュア様でさぁ……。あ、彼ももちろん攻略対象なのよ？　つい見入っちゃったら『その格好……異世界から来た聖女か』って聞くんだもん。んなわけないじゃん、っていう意味で『はい？』って答えたのに、肯定したと思われてさぁ……。おっちょこちょいっていう性格は、ジョシュアルートじゃなくても変わらないんだね」

「……」

ケイトは目を瞬かせて黙りこくる。

ほかにも、サクラが話してくれたことをまとめると、こうだった。

この世界は乙女ゲーム『エルきせ』こと『エルネシア王国の軌跡』の世界で、このゲームには、一つの世界を舞台に八つのシナリオ＋一つの隠しシナリオが存在するのだという。

ヒロインと攻略対象も同じだけあって、サクラが見たいのは『メインヒーローであるギル様とのハッピーエンド』らしかった。

「エルきせって、恋愛だけじゃなくファンタジー要素が楽しめるのもすごいと思うんだよね！　攻略対象によっては勇者とパーティーを組んでドラゴン討伐に出たり、魔導士のもとで修行して聖女からつよつよな魔法騎士にジョブチェンジしたり！　とにかく、ドラゴンがいて魔法があって、王子様とお姫様がいる世界なの。愛と冒険の乙女ゲーム、それがエルきせ！」

サクラは目を輝かせて語っているが、やはりケイトには意味がわからない。

（理解できないことばかりだけれど、聖女サクラ様は異世界からいらっしゃった。同じように、このエルネシア王国が存在する世界のほうを異世界とする見方があってもおかしくはないのかもしれないわ）

ケイトの頭も、意外と柔軟だった。

「これから、ミシャの町まで行くのですよね。着いたらすぐに宿を取りましょう。小さな町ですから、ホテルがいっぱいになってしまうかもしれません」

「あー、大丈夫大丈夫！　ホテルにはちゃんと泊まれるから！」

王宮を逃げ出した時点では夕暮れだったが、辺りはすっかり暗くなっていた。

（サクラ様はこのようにおっしゃっているけれど、ミシャは小さな町だわ。ホテルがいっぱいになっているかもしれない。大切な客人である聖女様を野宿させるわけにはいきません）

サクラをしっかり守らなければ、とケイトが考えていると。

次の瞬間、馬のいななきと共に馬車が急に停《と》まった。

「「きゃあああ!?」」

もちろん、馬車に座っていたケイトとサクラはがくん、とバランスを崩して前のめりになる。

ケイトは、サクラが転ばないように支えようとしたが、気がつくと反対に支えられていた。

しかも片手で。

ついでに、サクラは無理な姿勢にもかかわらずトランクケースが落ちないように押さえてくれていた。

もちろん片手で。

「ご……ごめんなさい。サクラ様、ありがとうございます」

「いーえ！　何かあったのかな？　ちょっと見てこようか」

しゅるっ、と一瞬で体勢を立て直したサクラは、ケイトが止める隙もなく馬車の扉を開けて外を覗く。

「あ！」

そして、ケイトの方を振り向いた。

「大変、交通事故よ、事故！」

「えっ⁉」

ケイトが驚いて身を乗り出すと、森林の中を進む道のわきに怪我《けが》をした男性が横たわっていた。

年齢はケイトの父親と同じぐらいだろうか。髭《ひげ》を生やし、王都ではあまり見ない異国風のデザインの衣服に身を包んでいて、商人のように見える。

周辺には積み荷の残骸らしきものが転がっていた。

「どうしたんですか⁉」

大きな声で問いかけるサクラに、商人らしき男性はやっとのことで応じる。

「さっき……ドラゴンのようなものに襲われてしまってねえ……幸い命は助かったんだが……馬と積み荷を持ってかれちまっ……た」

「……！」

（ドラゴン）

その恐ろしい生き物の名前にケイトの背筋は冷たくなる。

一方のサクラも相当に驚いた様子だった。

「え！　ケイト、そんなの本当にいるの？　ゲームでもドラゴンは滅多に出てこない設定だったよ⁉　移動中に襲われるとか、そんなのある⁉」

「……ええ。稀《まれ》に出没することがありますし、ドラゴンの生態系は不明です。……とにかく、ここは危険ですからすぐに離れましょう」

「そうだね。さっさと出発しちゃおう」

サクラと意見が一致したケイトは、すぐさま目立つミルクブルーの髪を隠すようにストールを頭から被り直して言った。

「御者さん、ミシャの町はもうすぐですよね？　この方も一緒に乗せて差し上げてください。そしてすぐに出発を。手当ては中で私がいたします」

「はいよ、お客さんが手当てできるの？」

「大丈夫です。心得はありますので」

御者からの問いに頷くと、横たわったままの商人は申し訳なさそうにお礼を告げてくる。

「ありがたい。王都に戻るところだったんだが……ミシャの町に行けば馬車も手配できるし、ポーションも買えるだろう。本当に……、助かるよ……」

「気にしないでー！　おじさん。怪我してるとこ悪いけど、中に運び込むね。痛かったらごめんね」

サクラが商人を軽々と馬車に担ぎ込み、馬車は慌ただしく出発したのだった。


ミシャの町へと急ぐ馬車の中、ケイトとサクラは商人の説得を試みていた。

「傷を見せてください」

「そーだよ！　おじさん、さっさとお腹《なか》見せて！」

「いや、こんなひどい傷、お嬢さんたちには……見せられないよ」

手当てをするには、傷を見せてもらわなければ話にならない。けれど、ケイトの父親ほどの年齢に見える商人は『こんなもの、若い女の子に見せられない』の一点張り。

二人はほとほと困り果てていた。

(どうしましょう。たくさん血が出ているし、このままでは命を落とすことがあるかもしれない)

ケイトには癒しの魔法が使える。

それは聖女として生まれた者しか使えないもので、ケイトはいざというときのために使い方の訓練を受けていた。

ちなみに、ただ単純に癒しの魔法といっても、浅い傷を塞ぐものから体力を回復させる類のものまで種類はさまざま。

そのすべては、たまに誕生する聖女のために王宮で大切に引き継がれているものだった。

（これは、私の聖女としての最後の仕事になるかもしれない。ドラゴンに傷つけられたのなら、きっとあの魔法が効くわ。傷が深いからできるだけたくさんの魔力を注いだほうがいい）

商人を心配したケイトは、彼の服に手をかける。

「見せてくださらないなら、勝手に服を失礼してもよろしいですね」

「いや……それは……」

それでもまだ抵抗する商人に、サクラはしびれを切らしたようだった。

「もういいわ！　ほら、ケイトやっちゃおう！　おじさん、このままじゃ死んじゃうよ？　死ぬって結構おおごとだよ？　これでも私、今日一度死んでるの。この世界に来られたから幸せだけど、そうじゃなかったらあのトラックのこと一生忘れないと思う！　まぁ一生は終わったけどね！　あはは！」

いつの間にかサクラの手によって傷口は見えていた。

言葉の勢いはよかったものの、サクラは目をきゅっと瞑《つぶ》って顔を逸らし、彼の服を押さえる手は少し震えている。

（聖女サクラ様……。気丈に振る舞っていらっしゃるけれど、やっぱり異世界に残してきたものを思うとお辛いのだわ。それに、こんな大怪我をしている方の治療をするのも不安でしょう。サクラ様が頑張っているのに、私が怖気《おじけ》づくわけにはいかないわ！）

ケイトは決意を固め、顔を上げた。

「……商人のおじさま。今から私がすることを絶対に誰にも言わないでくださいね。どうか、お願いします」

癒しの魔法を使えるのは、聖女だけだ。

ケイトは聖女の証として広く認知されている薄い水色の髪をストールで隠してはいる。しかし、ポーションを使わずに傷を治したとわかったら、すぐに噂《うわさ》が広がりギルバートに自分の居場所が知られてしまうに違いなかった。

商人は、目を瞑ったまま答えない。それを承諾と受け取ったケイトは、呪文を唱える。

《上級治癒》

そうして手をかざせば、横たわったままの商人は光に包まれた。

みるみるうちに傷口は塞がり、さっきまで真っ青に見えていた顔色も良くなっていく。

「ケイト、すごい！　これがケイトの魔法なんだね。さすが聖女！」

「いえ、聖女はサクラ様のほうですわ。これぐらい、サクラ様もきっとすぐにできるようになります」

「えー私には無理だよ？　だって聖女じゃないもん」

ガハハ、と笑うサクラの言葉を否定しようと思ったものの、話が堂々巡りになるのは目に見えている。

（商人の方を治療できたのだから、今日はこれ以上聖女のお話をするのはやめておきましょう。それに、私が出すぎた真似《まね》をしてはだめだわ。サクラ様をお守りすることだけ考えましょう）

そう考えたケイトは、聖女の魔法を見たとはしゃぐサクラを眺め、そっと微笑んだのだった。

【第二章】ベーカリー・スクラインとの出会い

ミシャの町に到着すると、辺りは既に真っ暗だった。

「いやぁ。君たちは上級のポーションを持っていたんだねぇ。少し寝ている間に傷が綺麗に治っていてびっくりしたよ。ありがとう」

馬車を降りてお腹をさする商人に、ケイトとサクラは顔を見合わせて笑う。

朦朧《もうろう》とした中で癒しの魔法を使われたため、彼はポーションによって傷が治ったのだと信じ切っているようだ。

ケイトはストールで自分の髪をしっかり隠しながら微笑んだ。

「いいえ。本当に良くなってよかったです」

「上級ポーションを使ってくれたんなら、代金を支払わないとな。ただ、手持ちはドラゴンに襲われたときに全部どこかへ行っちまってな……銀行は閉まっていてすぐには払えない。明日の朝でもいいかな」

「いいえ、お代は結構です。その……ポーションは……いただいたものでしたし……」

言葉を濁すケイトに、サクラは重ねる。

「そうそう！　それよりも、あなた商人なんでしょう？　だったらこれを買い取ってくれない？」

サクラが取り出したのは、ケイトが自分で購入したジュエリーだった。

さすがに全部ではないが、これをお金に換えられたらしばらくは苦労しないだろう。かといって多すぎもせず、若い女性二人が持っていてもそこまで不思議ではない。

安全に逃亡生活ができる、ギリギリの量だ。

(宝石を売る量もだけれど、ミシャの町に常駐しないこの商人さんを介して資金に換えられれば、怪しまれたり変に資産を持っていると勘違いされたりすることもないわ)

サクラの頭の回転の速さに、ケイトは感心する。

商人も快く引き受けてくれた。

「上級ポーションの対価がそんなことでいいのかい？　お安い御用だよ。……うん、これは……上質な宝石だね。しっかり鑑定しなくてもわかる」

「どう？　おじさん、これ買い取れる!?」

街灯の灯《あか》りの下、サクラから受け取った宝石をさっと見た商人はにっこりと笑った。

「ああ。これなら一つあたり二十万ルネぐらいかな。ただ、買い取りは明日の朝、銀行が開いてからだ。銀行の前で待ち合わせしようか」

「やった～！　よかったね、ケイト」

「ええ。……では、商人のおじさま、明日の朝に、また」

翌日の約束をして、三人は別れたのだった。


ミシャの町のメインストリートともいえる大通り沿いのお店は、ほとんどが閉店準備を始めていた。そこを歩きながら、サクラが聞いてくる。

「ねえ。ちなみに、上級ポーションっていくらぐらいするの？」

「一本で五万ルネぐらいでしょうか」

「五万ルネ……？」

異世界から来たサクラはいまいち感覚が掴めない様子だ。サクラの家はパン屋をしていると言っていたのを思い出して、ケイトは微笑む。

「そうですね……百ルネで、小さなパンが一つ買えるぐらいかと」

「へえ……って！　つまり！　円と同じぐらいの価値ってこと!?　……ねえ、それお代をもらっといた方が良かったんじゃない!?　宝石を売るよりも、ずっとお金が稼げるじゃん！」

「いいえ。実際に使っていないものにお代をいただくわけにはいきませんから」

「真面目すぎ！　でも、そんなところがケイトらしくていいと思う！　清廉潔白な聖女！　ギル様がメロメロになるのもわかる！　だって私も一緒にいるだけでドキドキするし！」

サクラはまた妙なテンションになりつつも、周囲に気を遣っているのか、声は幾分小さかった。

(周囲を明るく元気にしてくださるサクラ様のほうこそ……本物の聖女様ですわ)

そうして話しているうちに、二人はホテルに到着した。

賑《にぎ》わいを見せるロビーで、ケイトはフロントに声をかける。

「恐れ入ります。一晩、泊めていただきたいのですが」

「ああ。あいにく、さっき最後の一部屋が埋まっちまってね。この町にはホテルがもう一つあるから、そっちに行ってみてくれるかい」

「「……」」

ケイトとサクラは顔を見合わせる。

「おかしいなぁ。ゲームでは、ミシャの町で泊まるところに苦労するはずはなかったんだけど。まぁ、途中で怪我人に会うなんてイベントもなかったんだけどね。……でも、シナリオに書かれてないところにこういう苦労があるんだね？　めちゃくちゃ楽しい！」

「そうですね。とにかく、教えていただいたもう一つのホテルに行ってみましょう」

ケイトは努めて冷静に返答したものの、焦っていた。

(どうしましょう。このままでは、聖女サクラ様を野宿させることになってしまう……！　そんなの、絶対にありえないわ)

希望を持って向かったもう一つのホテルも、案の定満室だった。

にべもなく断った受付の女性にケイトは食い下がる。

「あの、どこでもいいので一晩置いてはいただけないでしょうか。このロビーや倉庫などでもいいのですが。もちろんお代は支払います」

「それはちょっと困ります」

「どうかお願いします」

ストールで隠したままの髪を押さえつつ、ケイトは頭を下げた。

けれど、サクラはケイトを不思議そうに見ている。

「ねえ、ケイト？　一晩ぐらい野宿でも全然いいよ！　私、小さい頃キャンプとか好きだったもん？」

「いいえ、それはだめです！　先ほどの商人の方もドラゴンに襲われたでしょう。さすがにドラゴンは滅多に出ませんが、ほかの魔物は夜行性です。町には結界が張ってありますが、万一ということもあります。ですから夜、外にいるのは危険ですわ」

このミシャの町周辺は森に囲まれている。

ケイトには町周辺の魔物が気になっていた。

異世界から来た大切な聖女サクラに万一があってはいけないのだ。

（それに……聖女サクラ様はこの世界に慣れていないようです。あまり怖い思いをさせてはかわいそうですわ）

ケイトは、聖女かつ自分の恋敵でもあるはずのサクラに好感を抱き始めていた。こんな関係でなければ仲の良い友人になれたのかもしれない。いや、もう友人なのではないか。

そんなことを考えていると、ふわりといい匂いがした。

「何か、揉《も》めているのかい」

背後から聞こえたしゃがれ声。

ケイトはサクラと共にくるっと振り向く。

そこにいたのは、丸顔のかわいらしいおばあちゃんだった。よそいきの声で話していた受付の女性の口調が一転して砕けたものになる。

「あら、エリノアさん。この子たちが宿を探しているみたいなんだけど、うちはもう満室で泊められないのよ。ロビーで寝かせてほしいって言われてしまって困っているの」

「へえ」

エリノアと呼ばれた丸顔のおばあちゃんは、困り顔の受付の女性、ケイト、サクラ、と三人の顔を交互に見る。

そして、皺が刻まれた顔でニッコリ笑った。

「そうかい。じゃあ、うちに来ると良いよ。部屋は余ってるからね」

「えっ!?　本当にいいの!?　ありがとうおばあちゃん！」

サクラは迷うことなく『エリノア』についていくことに決めたようだったが、聖女の保護役を務めているつもりのケイトとしては不安になってしまう。

「!?　いえ、そういうわけにはまいりません。それに急にお邪魔してはご迷惑でしょうし」

「えー？　もしかして警戒してる？　大丈夫、このおばあちゃんは絶対にいい人だから！　パンのいい匂いがするもの。きっとパン屋さんだよね？」

サクラの発言にエリノアは驚いた様子だ。

目を丸くしながら、台車を指さして教えてくれる。

「あらまあ。よくわかったね。ちょうど、明日の朝食用のパンを納品に来たところだったんだよ」

「おっけー！　パン屋さんに悪い人はいない！　じゃあこの台車は私が押すね、任せて、って……あれっ？　この台車、めっちゃ軽い！　うちの店にあるやつと全然押し心地が違う！　何で？」

「ああ、それは軽くなる魔法をかけてあるからね」

「何その便利な魔法！　さすがファンタジー！　愛と冒険の世界エルきせ！」

「わりと一般的な魔法のはずだけど……変わった子だねえ」

サクラとエリノアは、楽しそうに話しながらホテルを出て大通りを歩き始めてしまった。

ケイトはそれを一歩後から追いかける。

（パン屋さんに悪い人はいない。なるほど）

——異世界から来た聖女様は何でも知っている。

ケイトがそう感心する一方で、サクラは空になった台車にトランクケースをのせ、とてもうれしそうだった。

「それにしても、ラッキーだね、ケイ！　こんないい人に声をかけてもらえるなんて」

「ええ。……本当に、ありがとうございます」

エリノアの家に泊めてもらえることになった瞬間、サクラはケイトのことを『ケイト』から『ケイ』へと呼び名を変えた。

それはケイトの出自を知られないために重要なことだと、説明されなくてもすぐにわかる。

(聖女サクラ様は本当に聡明《そうめい》なお方だわ。そのうえ誰にでもお優しくていらっしゃる。ギルバート殿下とお似合いだわ。絶対に、無事に王宮にお帰ししないと)

ケイトは決意を新たにしたのだった。


ホテルから夜道を五分ほど歩いて、到着したのはレンガ造りの大きな家の前だった。

屋根は真ん中を頂点にした三角形で、大きな煙突が突き出ている。

暗くてはっきりとは見えないけれど、一階のドアはガラス張りのようだ。

「あー!　何このメルヘンな建物⁉　すっごくかわいい‼　異世界のパン屋……好み……!」

サクラのテンション高い声が、夜の町に響く中、エリノアに案内されて店の中に入る。

すると、そこにはケイトやサクラよりも少し下に見える年頃の少年がいた。

「やっと帰ってきた!　ばあちゃん、もう夜なんだから家にいろよ!　危ないし力仕事だし、配達は俺が行くっつっただろ……ってあれ、お客さん?」

エリノアを出迎えた少年はパンを焼く石窯を掃除していたようで、顔や体のあちこちに煤《すす》がついている。

暗くなってからいきなりやってきたケイトとサクラを驚いたように見る彼は、この世界では珍しい赤みが濃いブロンドに、通った鼻筋、琥珀色《こはくいろ》の瞳をしていた。

汚れていても、整った外見をしていることは一目でわかる。

「どういうこと……！　薄汚れてるけど、すっごいイケメン！　これだけのイケメンがモブって線は絶対にない！　てことは隠しキャラ！　ギル様のシナリオをクリアしてない私は知らないやつ！てことは彼シナリオのヒロインが近くにいるはず！　ヒロイン！　どこ！」

サクラの様子がたまにおかしくなることに慣れてきたケイトは、サクラのことは気にせず少年に向かって頭を下げる。

「一晩お世話になる、ケイと申します。こちらで叫んでいるかわいらしい女性は、サクラです。この町のホテルが満室で困っていたところを、エリノアさんに助けていただきました」

「ああ、そうだったんだ」

怪訝そうな顔をしていた少年は、やっと表情を緩め人懐っこい笑顔を向けてきた。

「俺はクライヴ・スクライン。ばあちゃんとここで二人で暮らしながら、パン屋をやってるんだ」

「じゃあ、まず皆でごはんにでもしようかねえ」

「あ、おばーちゃん！　私手伝うよ！」

サクラの快活な声が、一日の営業を終えてピカピカに磨かれた店内に響く。

一通りの挨拶と自己紹介を終えた四人は、夕食の支度に取り掛かることにした。

調理はサクラとクライヴが担当するらしい。

クライヴは相当なおばあちゃん子らしく、エリノアが手伝おうと立ち上がった瞬間に「ばあちゃんは座ってて」と椅子に座り直させ、ブランケットを膝にかけた。

（とてもいい子だわ。エリノアさんのことが大好きなのね。……って、私も手伝わなくては）

ケイトが慌てて支度の手伝いに入ろうとしたときには、サクラとクライヴは既に手際良く作業をしていた。

サクラがたっぷりのバターで野菜やお肉を炒《いた》める後ろで、クライヴは炙《あぶ》ったチーズをスライスしたバゲットにのせていく。

二人ともとても手際が良く、ケイトが食卓を拭いて、食器を並べ飲み物を準備する間にぱぱっと夕食が出来上がってしまった。

しかも、まるで昔からの友人同士のように会話も弾んでいる。

「ねえ、クライヴ。このお鍋の形、面白いね」

「んあ？　どこがだよ。魔法に適した、どこにでもあるふつーの丸い鍋だろ」

「えー！　私の家では違うよ？　お鍋の底って普通平らじゃない？」

「お前……！　口じゃなくて手を動かせよ手を！　焦げるだろ！　もういい、貸せ」

おいしそうな匂いの中に漂う、楽しげな会話。

上品な侯爵家で育ち、料理はシェフがするものだったケイトには憧れの光景で、つい目が離せなくなってしまう。

将来、ギルバートと結婚するはずのサクラがほかの男性と親しくしているところを見るのは申し訳なかったが、二人が姉弟のように仲良しなのをケイトは咎《とが》める気になれない。

(さっき会ったばかりなのにもうこんなに仲良くなってしまったのね。誰にでも好かれる聖女サクラ様はやはり特別なお方のようだわ……！)

そうして出来上がったメニューは、シチューとボウルいっぱいのサラダ、チーズをのせて焼いたバゲットだった。

テーブルの真ん中に大鍋がどんと置いてあって、それを銘々の皿に取り分けて食べるスタイルである。

エリノアは、パンを頬張りながらニコニコ微笑んでいた。

「こんなに賑やかな食卓は久しぶりだねえ。今夜はケイとサクラを拾ってきてよかったよ」

『賑やか』というのは、さっきからサクラがクライヴにマシンガントークを仕掛けていることである。

「ねえねえ！　クライヴに好きな子はいないの？　幼なじみの女の子とか、憧れの女子とか、そういうの、いない？」

「いねーよ」

「えー！　だって十六歳でしょう？　私とケイより二つ年下かぁ……じゃあヒロインもそれぐらいの子なのかな？　どう、その辺！」

「十六歳で好きなやつがいるとか誰が決めたんだよ。会ったばかりでこんな話するなんて、サクラはすげえ変わってんな」

「ええ。誰だって、推しを目の前にしたら豹変《ひょうへん》するでしょう？　スペシャルストーリーのヒロインだよ!?　絶対かわいいと思うんだ！　私、クライヴのことも応援したいと思ってる！」

「何の応援だよ……」

ぽかんとしたクライヴは、サクラの話を『神からのお告げ』として受け入れるまでのケイトと同じ顔をしている。

会話がエスカレートしてきたので、ケイトは話の向きを変えることにした。

「それにしても、とてもおいしいですわ。特に、このバゲットが」

「だろう。このバゲットの生地はね、全部うちのクライヴが作っているんだよ」

丸顔をくしゃりと綻ばせたエリノアに、クライヴはぶっきらぼうに答える。

「魔法を使って捏《こ》ねやすくはしているけど、俺一人じゃあまりたくさんのパンは焼けない。だから、うちの店は早くに売り切れちゃうんだよな。もっと人手があればなー」

そこへサクラがぴくりと反応した。

「え？　この店、人手が足りないの？　じゃあ私お手伝いするよ？　私の家もパン屋で、ちっちゃい頃から手伝ってきたんだ！　ねえ、ケイもお手伝いできるよね？」

「……はい。私たち、明日からはホテルに滞在する予定なんですが、しばらくはこのミシャの町にいるつもりなんです。何かお手伝いできることがあれば」

サクラに遅れを取らないよう背筋を伸ばしたケイトだったが、クライヴが探るような視線を送ってくる。

「できんのかよ。サクラはともかく、ケイは見たところいいとこのお嬢様だろう？　家に帰れば、シェフが作った料理を侍女が運んでくれる生活をしてんだろ。そんなに綺麗な手をしたご令嬢に、うちみたいな肉体労働のお店の手伝いなんて無理だよ」

図星をさされてしまったケイトは、反射的に自分の手を見た。

確かに、傷一つないすべすべの手である。

これまでに苦労をしてこなかったことが一目瞭然で、恥ずかしくなってしまう。

しかし、クライヴの言葉遣いは乱暴だがそこに悪意がないことは言うまでもない。だから別に悪い気はしないし、ケイトはぬくぬくと生きてきた人生を素直に反省したくなった。

もし弟がいたら、こんな感じなのかもしれない。

侯爵令嬢かつ聖女として究極のお嬢様育ちのケイトが、あまりの新鮮さに目を瞬いていると。

「できるわよ！　ケイはお菓子作りが得意なの！　ケイが作るお菓子は絶品なんだから！　ねえ!?」

「えっ……ええ。絶品かはわかりませんが、お菓子を作るのは好きですわ……！」

またサクラはケイトが話していないことを言っている。

けれど、異世界から来た彼女には特別な未来を視る力があるのだと納得しているケイトは、もう気にはならなかった。

「へえ。じゃあ明日は楽しみだな」

意外、という風にケイトへ視線を向けるクライヴだったが、サクラは既に目の前の食事へと興味を戻していた。

「ていうか、このパン本当においしいよね!? 普通のバゲットなのに、噛みしめると小麦の味がして外側はカリカリ中はしっとり……ていうかじゅわっとする！ 私、固いパンはドイツ系のいろんな穀物の味がするやつが好きなはずなんだけど、これ負けてない！ シンプルな味なのにめっちゃおいしい！ おかわり！」

サクラは初めて『ハピエン』以外の話でテンションが上がっている。

彼女は本当にパンが好きなのだろう。そのかわいらしさにケイトはくすっと笑った。

そして、目の前に座るクライヴも自分が焼いたパンを褒め殺されて無言になっている。

（このお二人はきっとよいお友達になれそうだわ）

微笑ましい気持ちで見守っていると、またサクラが声を張り上げる。

「とにかく、パン屋の朝は早いのよ！ ケイ、明日に備えて早く寝なきゃ！ 私、異世界のパン屋がすっごく楽しみ！　眠れなかったらどうしよう⁉」

　ということで、二人は急いで食事を済ませると片付けをし、二階の客間を借りて休むことにしたのだった。

　ちなみに、サクラは眠れなかったらどうしようと騒ぎつつベッドに入ると三秒で眠っていた。

　ケイトはというと、ベッドに座り、カーテンの隙間から窓の外を眺めながらギルバートのことを想う。

（王宮は聖女サクラ様が消えて大騒ぎでしょうね。ギルバート殿下もきっとお探しになっているはずだわ……）

　そうして、身につけたままのブレスレットを触る。

　もう自分はギルバートの側にいられないのだ、と頭では理解している。

　けれど、今日はまだ受け入れられそうになかった。


　翌朝。やっと空が白み始めた頃、ケイトは目覚めた。

　エリノアが貸してくれたこの客間は広い。

　二つの大きなベッドのほか、ドレッサーやクローゼット、書き物机などが置かれているのに、それでもまだ余裕がある。

昨日案内されたときにほかの部屋の様子が窺《うかが》えたのだが、似たような部屋がまだいくつかあるようだった。

エリノアが、困っていたケイトたちを『部屋が余っている』と言って誘ってくれたのも頷ける。

ベッドから起き上がったケイトはきょろきょろと周囲を見回す。

「聖女サクラ様……？」

部屋には誰もいない。

隣のベッドの上にはサクラの寝間着がきちんと畳んで置かれていて、階下からは何やら話し声とパンの焼けるいい匂いが漂い始めている。

（もう皆起きているんだわ……！）

ケイトは慌ててベッドを抜け出すと、身支度を整えて日課の朝のお祈りをした。

聖女としての力はサクラのほうが優れているとわかってはいるけれど、小さい頃から体に染みついた習慣はそう簡単に取れるものではない。

それから、急いで階下に下りた。

「おはようございます！　ごめんなさい！　私、寝坊してしまって……」

「おはよう、ケイ。全然寝坊じゃないよ。あいつが起きてくるのが早すぎんだよ」

厨房《ちゅうぼう》で出迎えてくれたクライヴはケイトに真っ白いエプロンを渡してくれた。そうして、呆《あき》れたように笑いながら厨房の真ん中に視線を送る。

そこではサクラが一心不乱にパンを成型していた。ケイトが起きてきたことにはまったく気づいていないらしい。ものすごい集中力である。

サクラが丁寧に型作っているのは、ケイトが見たことがない不思議な形のパンだ。

くるくると巻かれた生地が、まるで三日月の形みたいに見える。そこはかとなく漂う、バターの香りが鼻をくすぐった。

「あれは……何でしょうか？」

「知らない。サクラの得意なパンらしいな。俺が知っているパンと全然違う」

クライヴが知らないパンは、ケイトももちろん知らない。

このエルネシア王国では、パンと言えばバゲットやバタールが一般的だ。

バリエーションとして中に具材を練り込んだものや変わった形のものはあるけれど、今サクラが作っている形のパンは見たことがなかった。

「ふぅ、っと。……あ！　おはよう、ケイ！」

作業が一段落してケイトの存在に気がついたらしいサクラは、無邪気に笑った。さっきまでの真剣な表情はどこにもない。

「おはようございます。サクラ様、すごいですわ。形が揃っていてとても綺麗」

「へへ。クロワッサンはパパに教わって得意なんだ。きっとおいしく焼き上がるよ。うちの店でも人気商品だったもん」

「珍しいパンがあると集客になっていいよな」

サクラが成型したパンは天板に綺麗に並べられている。

きっと異世界発祥のパンなのだろう。

独特な形と香りに、ケイトは目を輝かせクライヴも素直に感動している。けれど、サクラは満足していないようだった。

「でもね……このお店、甘いパンがないよね？　私としては、女子の心を惹《ひ》きつけるスイーツ系のパンがマストなんだけどなぁ……」

「この国では、パンは食事と一緒に食べるものだぜ？　サクラの国ではそうじゃなかったんだな」

クライヴの言葉にケイトが頷いていると、サクラがポンと手のひらを叩《たた》いた。

「……あ！　ケイ、あれ作れる？　ギル様……じゃなくて、婚約者様に差し入れしていたアーモンドクリームパイの、アーモンドクリーム！」

「え……ええ。材料さえ揃えば」

「やった！　あれがあれば、クロワッサン・ダマンドができる！」

ということで、ケイトはアーモンドクリームを作ることになった。

材料は、バターに卵、お砂糖、アーモンドの粉の四つだけ。

ケイトは、クライヴが魔法で柔らかくしてくれたバターをホイッパーで混ぜる。

ふわふわになったら卵を割りいれ、なめらかになるまでさらに丁寧にすり混ぜていく。

最後に、お砂糖とアーモンドの粉を加えて完成だった。

バターを混ぜていると、隣で見守っていたクライヴが手を貸してくれる。

「少し柔らかくなりすぎて扱いにくそうだな。バターを温めすぎたかな。ケイ、貸して」

「？　はい」

クライヴはケイトからボウルを受け取ると、それを魔法で冷やし始めた。と同時にサクラのはしゃぐ声が厨房に響く。

「うわぁ、魔法!?　クライヴ、ほんとすごいね!?　そっか、クライヴは魔法使いか。何だろう、発生するイベントとしては、一緒に魔王とかを倒しに行くのかな」

「……うるせーな。魔王なら勇者が去年討伐したばかりだろう。あっさり復活させんじゃねー」

「へえ。ここってもう勇者を攻略済みの世界なんだ!?　すっごい！　隠しキャラ攻略のスペシャルストーリーっぽいね！」

昨夜既にケイトが傷を治すところを見たサクラだったが、クライヴが魔法を使っている姿も珍しく新鮮だったらしい。

そこからまたよくわからない話が始まっているが、ケイトも今目の前で見たクライヴの魔法には驚いたところだった。

（エルネシア王国には生活を便利にする魔法はたくさん存在しているけど……クライヴさんの魔法は無詠唱だわ。それに、こんなに場面に応じた魔法を使いこなす人は初めて）

王宮に出入りし、魔法使いや魔導士と接する機会があったケイトにはわかる。

自然に無詠唱で魔法を使えるクライヴは、特別な存在ではないのだろうか。

(昨夜、彼のお顔をじっくり見る機会はなかったのだけれど)

整った横顔は、顔がいい男性に目がないケイトも合格点を出したいほどの美しさ。

昨夜会ったときは、サクラの勢いに圧倒されてこのイケメンを愛でる余裕がなかった。けれど、改めて見ると本当に顔がいい。

眩しいほどの琥珀色の瞳と、額にサラサラと揺れる赤みがかったブロンド。

ぶっきらぼうに振る舞いつつ、たまに見せる微笑みは、十六歳という年齢そのままのみずみずしさを感じさせる。

(赤みがかった、ブロンド)

そこで初めて、ケイトはクライヴの髪色が気になった。

エルネシア王国では、髪の色で魔力や神からの加護の強さを測ることになっている。大体の者はブロンドヘアで生まれてくる。ブロンドをベースにして赤や白が混ざることはあるものの、ベースとなる色がブロンドを大きく外れることはまずない。

その次に多いのが——とは言っても、数百人に一人クラスの割合になるけれど——ギルバートやサクラのような黒髪だ。

そして、一生に一度出会うか出会わないかという希少価値を認められているのが、ケイトのように原色が混ざったカラフルな髪である。

でも、クライヴの髪は赤みがあるとは言っても日に当たると色を感じられるぐらいで、ほぼブロンドと言っていいだろう。

(気にしすぎよね)

王都にいれば自分が聖女だと一目でわかってしまう髪色がコンプレックスだったケイトは、クライヴの赤みがかった髪が気になったものの、そのことについて聞く気にはなれなかった。

気を取り直して真剣に手元のボウルを見つめてアーモンドクリームを混ぜていると、視界にサクラが現れた。

「ねえ！　味見してみてもいい？」

「ええ、どうぞ」

目を輝かせるサクラに、ケイトはスプーンでクリームをひとすくいし、手渡す。

サクラはそれを受け取らず、口でそのままぱくっと食べた。

まるで、何かの餌付けみたいでとてもかわいい。

「……っつ！　おいしいいいいい！　甘い！　香ばしい！　これがケイトの味！　ギル様が絶対誰にもあげたくなかったのも頷ける！　だって上品な甘さがすっごくケイトっぽくてきゅんとする！　私……あの……何度も見たケイトのお菓子を食べてる……！」

余りの絶叫に、ケイトは飛び上がる。

とりあえず自分の名前を連呼するサクラの口を慌てて塞いだ。

「あ、ごめん」

サクラはすぐに冷静になったようだった。

二人でちらりとクライヴのほうを見る。

彼は、いつのまにか黙々と後で焼くバゲットの材料を計量していた。どうやらセーフである。

ふう、と顔を見合わせてから、サクラは最後の仕上げに入った。

天板に並べた三日月型の生地にアーモンドクリームをこんもりとのせ、その上からアーモンドをパラパラとかけていく。

アーモンドは、薄くスライスしたものと粗く刻んだものの二種類。サクラによると、いろいろな食感が楽しめるほうが好みなのだという。

まだ焼いてもいないのに、厨房には甘い匂いが漂っていた。

「これを焼けば……クロワッサン・ダマンドの完成‼　すごい！　ケイと私の合作！」

「焼き上がりが楽しみですわね！」

二人で手を取り合って喜んでいるところに、エリノアが顔を覗かせた。

「ケイ、ちょっといいかねえ」

「？　はい！」

ケイトは呼ばれるままに厨房を出て、別室に行く。

そこはバスルームになっていて、その隣に大きな鏡と椅子、ケープのような白い布が置かれていた。エリノアは白い布を手に取ると、穏やかに優しく言った。

「その髪色……もし気になるなら、染めてあげられるけど、どうするかねえ」

「……!」

ケイトは思わず自分の髪に手をやる。

昨夜、このミシャの町を歩くとき、ケイトは一応ストールで髪色を隠していた。けれど、今は隠していない。

(王都を出たらそこまで警戒はしなくていいと思っていたけれど……)

何と答えたらいいかわからないケイトに、エリノアは微笑む。

「ケイは訳ありなんだろう? あんたたちはとてもいい子だ。ホテルに泊まるんじゃなく、気が済むまでここにいるといい。部屋は余ってるからね」

「! エリノアさん……」

「ただ、その髪は目立つだろう? 大丈夫、染めるのには慣れているんだよ。その綺麗な色を完全に消すのは難しいけどねえ」

「ありがとうございます。……お願いします、ぜひ!」

厨房のほうからは、クロワッサン・ダマンドが焼ける甘い香りが漂ってくる。

こうして、ケイトとサクラはエリノアのパン屋に居候させてもらえることになったのだった。

エリノアに髪を染めてもらったケイトが厨房に戻ると、ちょうど開店の準備が済んだところだった。

店内の棚には焼きたてのバゲットが整然と並べられている。

ほかにも、形違いのバタール、クッペ、ブール、シャンピニヨン。王宮やアンダーソン侯爵家で馴染み深いパンたちが鎮座していた。

複雑なエピも形が整っていて、ぶっきらぼうに話すあのクライヴが作っているとは思えない美しさだ。

「今日のお店はいつにもましていい匂いがするねえ」

ケイトの後からお店に入ってきたエリノアはとてもうれしそうに笑う。

窓際の、一番目立つ位置にはサクラが焼いた『クロワッサン』、ケイト&サクラの合作の『クロワッサン・ダマンド』が並んでいた。

「……でしょう！　……って、ケイ、その髪色……！」

振り返ったサクラは、陳列していたトレーを落としそうになっている。それもそのはず、ケイトの髪色はプラチナブロンドに変わっていたからだ。

エリノアが言っていた通り、完全なブロンドにすることは無理だった。でもケイトの髪色は、日の光に当たるとうっすら水色が透けて見える程度のものに変えられた。これなら、ケイトのことを初めから知らなければバレる心配はなさそうである。

「ばあちゃんにやってもらったのか。いいじゃん」

「ありがとうございます」

ケイトは答えながら、髪を一つ結びにまとめる。それを見つめるサクラの様子は案の定おかしい。

「ミルクブルーの髪もとっても綺麗だったし、こんなのシナリオにはないけど……！　でも、どちゃくそ推せるよこれ!?」

サクラの歓喜の叫びを背景に、お店は開店した。

そして開店早々、エリノアとクライヴがお得意先に納品に行ってしまったので、ケイトとサクラはいきなり二人で店番を任されることになってしまった。

店番はおろか、商店での買い物すらほとんどしたことがないケイトはぶるぶると震えていた。

（店番なんて人生で初めて。でも、私は聖女サクラ様を守らないと。不安な顔はできないわ……！）

開店して三分ほど。まだお客は来ない。

ガチガチに緊張するケイトに、店番はお手のものといった様子のサクラが囁《ささや》く。

「ねえ、ケイ。さっきのクロワッサン・ダマンド、まだ試食してなかったでしょう。一つ残してあるから、一緒に食べようよ」

サクラがカウンター下から取り出したのは、こんがりと良い色に焼けたクロワッサン・ダマンドだった。

さっきから店内に漂っている甘いアーモンドクリームの香りがさらに強く感じられて、ケイトは目を輝かせる。

「いいのでしょうか？　これ、売り物なのでは……」

「試食は当然でしょう？　クライヴも太鼓判押してた！　おいしいって！　とにかく、お客さんが来ないうちに、早く」

よく見ると、クロワッサン・ダマンドは綺麗に半分にカットしてあった。

サクラがケイトと一緒に食べるために試食を待っていたことが窺えて、緊張でいっぱいだったケイトは胸がじんわり温かくなる。

「ありがとうございます、サクラ様」

「「いただきます！」」

二人は外に背を向け、一気にクロワッサン・ダマンドを口に放り込んだ。

「「……ほひひい！」」

「室温とかよくわかんなかったけど、ちゃんとサクサクに焼けてる！　それよりも、このクリーム！　もともと上品な甘さだったけど、焼くと外側のカリカリ感が加わってさらにおいしさがクラスアップしてる！　そして異世界のアーモンド！　香りがめっちゃする！　何これ、天然ものとかオーガニックとかそういう感じ⁉」

「……ふふっ。本当においしいですね。私、こんなにバターの香りがしておいしいパン、食べたことないですわ。王都の人にも、食べさせてあげたい」

「クロワッサンの生地もおいしくできたけど、これはケイのアーモンドクリームがいい仕事してるよ、絶対！　甘くてバターの香りが最高！　あーカフェオレ飲みたいなぁ」

やっぱり、サクラは『ハピエン』の話をしているときと同じぐらい饒舌になっている。

それをニコニコ見つめながらクロワッサン・ダマンドを咀嚼《そしゃく》するケイトの脳裏には、ギルバートの顔が浮かんでいた。

彼は、目の前でケイトが作ったお菓子を食べてくれたことはない。もしかしたら、側近のジョシュアにあげているのかもしれないと思ったことすらある。

（でも、これだけおいしいお菓子のようなパンなら……目の前で食べてくれるかもしれないわ）

しかし、もうそれは叶わないのだと思うと心が沈む。

ケイトがもし次に彼に会うことがあるとしても、そのときはもう婚約者ではないのだから。

（婚約破棄なんて、絶対に嫌だったのだけれど）

ケイトは恋敵のはずのサクラのことがとても好きになっていた。どんなときでも前向きで明るくて、皆を元気にしてくれる。

まだ一日しか一緒に過ごしていないが、サクラならばギルバートに相応しいと心から思えてしまう。

視線を落としたケイトの手首には、ギルバートから初めて贈られたブレスレットが光る。

本当は、これは身につけていてはいけないし、サクラのことだって王宮へ送り届けなければいけないのだ。

けれど、まだ勇気が出なかった。

「あ、いらっしゃいませー！」

サクラの威勢のいい声に、ケイトは自分が店番中だったということを思い出す。

（余計なことを考えていてはダメね。エリノアさんにしばらくお世話になるのだし、しっかり働かなければ）

ケイトは、ギルバートへの想いにとりあえずは蓋をする。

客が一人訪れると、店内はどんどん混雑していく。

クライヴが『人手が足りなくて、うちの店はすぐに売り切れる』と言っていたのも納得の繁盛ぶりだ。

「何このパン？　珍しいね。バターのいい香りがする」

一人の客が、外から目立つ窓際の位置に並べられたクロワッサンを指さす。

「うちの新商品です！　めちゃくちゃおいしいから、まず買ってみてくださいな！」

カウンターから出たサクラが常連らしきお客と楽しげに会話を交わすのを見ながら、ケイトは慣れない手つきでパンを包む。カウンター前には、行列ができていた。

急がなければと思えば思うほど手が震える。

パンを紙袋に入れてテープで止めるだけの簡単な作業なのに、うまくいかなかった。

（聖女サクラ様に迷惑をかけるわけにはいかないわ）

「あいつ、パン屋のノリじゃねえよな」

背後から苦笑まじりの呟《つぶや》きが聞こえたので涙目で振り向くと、配達を終えたらしいクライヴが手伝いに入ってくれていた。

「ごめんなさい。もたもたしてしまって」

「初日だろ。サクラもケイも、上出来だよ」

クライヴは手を休めずにどんどんパンを包んで会計をしていく。あっという間に行列は解消し、朝のピークは終わったのだった。


客が引いた『ベーカリー・スクライン』でサクラはうれしそうにおでこを擦《こす》る。

「ふー！　今日もよく働いたわ！　でも今日はこの後大学がない！　この世界すごい！」

実家がパン屋というだけあって、サクラは一日の流れを熟知しているようだ。そんなサクラと比べると何もできない自分が情けなくて、ケイトは頭を下げる。

「……ごめんなさい。私、役に立てなくて。クライヴさんとサクラ様の邪魔ばっかり」

「えっ？　そんなことないよ？　私、頑張ってパンを包むケイが愛しいなって思いながら接客してた。尊みがすごすぎて辛い、もうどうしよう吐きそう」

尊いと吐きそうは同義語なのだろうか。

一瞬だけ固まってしまったものの、サクラが自分を励まそうとしてくれていることが伝わってきて、ケイトはその優しさを噛みしめる。

意外なことに、クライヴも同意してくれるようだった。

「たぶん、今朝のピークがいつもより混雑したのはケイが店番をしてたからだな。外からこっちを覗いてケイ目当てで入ってくる客が多かった気がする。そもそも、元から人手はあんま足りてなかったんだけど……ていうか、すげえ売れたな。クロワッサンとクロワッサン・ダマンド」

クライヴの言葉に、ケイトとサクラは窓際の棚を見る。

二十個ずつ焼いて美しく並べられていたはずのパンたちは、クロワッサン・ダマンドあと数個を残すだけになっていた。

「明日も……買いに来てもらえるといいな……」

しみじみと呟くサクラは、頬を染めている。

どうやら本当にうれしかったらしい。

いつも元気なサクラが見たことのない喜び方をしているので、ケイトとクライヴは顔を見合わせた。少し間ができたので、ケイトは気になっていたことを聞いてみる。

「……ねえ、クライヴさん。あの不思議な形のパンは一体何なのですか？　王都では見たことがなくて」

「ああ、あれか？　右端の棚の。確かにそうだろうな」

クライヴが指さしたのは、柊《ひいらぎ》の葉のような尖《とが》った形のパンである。

大人の女性が両手でやっと一つ抱えられるほどの大きさの巨大なパンは、さっきサクラが店頭に並べるのに苦労していた。

「ええ。あんなに大きなパン、ミシャの町の名物なのでしょうか？」

「そう。あれはドラゴン殺しのパンだよ」

クライヴの答えに、まん丸の目をぱちぱちさせながら話を聞いていたサクラがうれしそうにする。

「ドラゴン殺し……！　愛と冒険の世界のファンタジー展開きた！」

「そんないいもんじゃねーぞ？　ミシャの町は昔ドラゴンに襲われたことがある。その記憶を忘れないためにあのパンが受け継がれてんだ。中には酒と香辛料が練り込んであって『喉を潰す』を連想させるようにしてある。ドラゴンは、女の高い声に反応して怒りが増すらしいからな」

「へー！　でも普通においしそうだね！」

目を輝かせたサクラに、クライヴは怪訝そうだ。

「……サクラは、どこの出身なんだよ？　ドラゴンの話を聞いて楽しそうにするって、ふつーじゃねーぞ？」

（いけない）

サクラが異世界から来た聖女様だということは秘密である。焦ったケイトがどうごまかそうかと考えていたところで。

カラン。

タイミングよく、店の扉が開いた。

「いらっしゃいませー……って、商人のおじさん！」

入ってきたのは、昨夜この町へ向かう途中に出会った商人だった。

両手をぶんぶん振って歓迎するサクラに、商人は目を丸くしている。

「あれ。君たち、ここで働いていたのかい？」

「はい！　私たち、ここの家の子なんです！」

サクラの言葉に、クライヴがプッと噴き出す。

「銀行で金は下ろせたし、君たちとの約束の時間になるまで昼食用のパンを買おうとやってきたんだが……ちょうどよかった」

商人は、カウンターの上に封筒を置く。

ケイトはそこに何が入っているのか見当はついていたものの、あまりの厚さにびっくりした。

そして、恐る恐る手に取って中身を確認する。

「こんなに……いただけません」

ケイトが昨日買い取りを依頼した宝石は、質はいいものの石は小さく、一つあたりせいぜい二十万ルネほどのものだった。でも、中にはその倍以上のお金が入っている。

「いいんだよ。これは、ポーションとか馬車に乗せてもらったお礼は関係ない。俺は、あの宝石にこれだけの価値があると思ったんだから」

「でも……」

二人の押し問答に、サクラが助け舟を出す。

「あ！　じゃあ、おじさん、これ持って行って！　私たちが今朝焼いたパンなの。『クロワッサン・ダマンド』！　ほんっとうにおいしいから‼」

「へえ。見たことがないパンだね。食べてみてもいいかい」

「もちろん！」

威勢よく答えたサクラは、残っていたクロワッサン・ダマンドのうちの一つをナイフで切り分け、商人へと差し出した。

商人はそれを口に運び、もぐもぐと口を動かしている。

「本当、うまいな、これ！　こんなの食べたことがないよ。ミシャの町の名物になりそうだなあ。これから行く先で宣伝してもいいかい？　俺、王都だけじゃなく国中をまわってるんだ。このパンを食べるために、たくさんの人がこの店を訪れるだろうよ」

それを聞いて、会話に加わることなく静かにしていたクライヴがスッと立ち上がった。

「全部持って行ってください」

トレーを持ち、残りのクロワッサン・ダマンドを回収している。

売り上げにはあまり興味がなさそうにはしていても、店を繁盛させたい思いはあるようだ。

「じゃあ、箱に入れて包んでもらえるかな。あと、この店の名刺も頼む。贈り物にするから」

「はーい！」

「サクラ様、ラッピングは私が。こういうのは得意なんです」

今朝のピークでまともに役に立てなかったケイトは汚名返上を申し出る。

(いつもギルバート殿下への贈り物のお菓子をラッピングしていたから、こういうのなら得意だわ)

エリノアが出してくれた薄いピンク色の包み紙で、丁寧にクロワッサン・ダマンドが入った箱を包み、上にペーパークラフトで作ったお花を添える。ケイトは、手先が器用だった。

それから、サクラの指示に従ってお店の名刺の裏に『ショーミキゲン』を書き込んだ。

手土産にして、おいしさを広めてもらうにはいい状態で食べてもらうことが大事らしい。

(異世界のお方は本当に面白いことを思いつくものね)

そんなことを考えながらラッピングをしていると、じっとケイトの手元を見つめていた商人が感嘆の声を上げた。

「そのブレスレット、珍しいデザインだね。石も上質なものだ」

「！」

ギルバートからの贈り物を褒められてうれしい反面、ケイトは複雑な気持ちだった。

「ありがとうございます。もしかしたら、いつかこれも買い取っていただく日が来るかもしれません」

「そうかい。でも、そんな風に大切そうに見ているうちは買い取れないな」

「…………」

あっさりギルバートへの未練を言い当てられてしまったケイトは何も返せない。

一方、ケイトと商人のやり取りを聞いていなかったらしいサクラは、ラッピングされたクロワッサン・ダマンドを見て楽しげに叫ぶ。

「このギフトボックスめちゃかわいい！　さすが、ケイ！」

「じゃあ、また来るよ」

「「ありがとうございました！」」

『ベーカリー・スクライン』、朝の営業は、おしまいだった。


店を出た商人は、かわいらしくラッピングされた箱を眺めながらニコニコと笑う。

「いいものが手に入ったな。こんなに珍しくておいしいパン、王宮への献上品としてぴったりだ」

【ギルバート side】

ケイトとサクラが『ベーカリー・スクライン』でパンを焼き売り子になる一日前のこと。

穏やかな午後の、春の風がペールグリーンのカーテンをはためかせる王宮のサロン。

今日もギルバート・モルダー・ミットフォードの戦いは繰り広げられていた。

目の前で緊張の面持ちを見せるのは、二歳年下の婚約者ケイト・アンダーソンである。

「……今日は一日何を？」

「はい、王宮のパティシエと一緒にお菓子作りをしておりました」

「……そうか」

「殿下がお好きなアーモンドクリームパイを焼いてみました。一口サイズに切って食べやすくしましたので、執務の合間にお召し上がりくださいませ」

「……そこに置いておけ」

首を傾げ、にこりと微笑んで手作りのお菓子を差し出してくる婚約者の姿に、ギルバートは赤面しかけていた。

いや、背後の側近・ジョシュアが笑いを堪えているのを見る限り、自分の顔は耳まで染まっているのだろう。

気がつかないのは、この模範的な淑女であるケイト・アンダーソンぐらいだ。

直接受け取ってしまうと、うっかり手を触りたくなってしまう。

清廉な聖女に邪な気持ちを抱いたことを悟られたくなくて、ギルバートは奥歯を噛みしめ表情を崩さないように頑張っていた。

そうっとお菓子をテーブルに置いたケイトの姿は文句なく美しい。

（私のために、アーモンドクリームパイを焼いてくれたのか。もしかして、私の好物だと覚えていてくれたのだろうか）

可憐《かれん》な婚約者の優しさに感動しつつ、ギルバートは完璧な仏頂面を保っていた。

「あの！　それから、庭園に新しい花を植えたと聞いたのでそれを見に行ってまいりました。これまでに見たことがない色合いと香りがとても素敵でしたわ。殿下も、今度ぜひご一緒に」

「……ああ、今度行こう」

（王宮の庭園に新しい花を植えるように命じたのはケイトのためなのだ……。ケイトは花が好きだ。あの新しい花の花言葉は『あなたに夢中』『永遠の愛を誓います』だ。きっと、私が生涯で愛する女性はケイトただ一人。ほかの女性など目に入らない。いや、私たちの間に女の子が生まれた場合は別か。いや、ケイトほどは愛せないかもしれない……しかし、ケイトの子だなんとか……いや、

やはりケイト以上には)

ということだったが、ギルバートは絶対に口に出さない。

しかし、さっきまで背後で笑いを堪えていたはずの側近からはブッという声が聞こえた。肩を震わせる側近をひと睨《にら》みして正面に視線を戻す。そこには天使がいる。

(なんて可憐で愛らしくて清らかで凛《りん》として美しく高貴なんだ)

ミルクブルーの髪と、キラキラと光る淡いグレーの瞳。透き通った彼女の瞳にはギルバートが映っていたが、彼女は微笑みをたたえたままどこか遠くを見ている気がした。

ケイトがよく見せる、いつもの表情である。

「どうした」

「いえ、あの……何でもございませんわ」

(また、拒まれてしまった)

いつもの仏頂面をキープしたまま、ギルバートは心の中でため息をついた。

自分がケイトに特別な感情を持っていることに気がついたのは、十五歳の頃だった。

それまでも、ケイトには好感を抱いていた。そのかわいい彼女が自分の婚約者ということに誇りを持っていたし、そのことを考えるだけで心が温かくなった。

でも、好ましく思っているはずなのにケイトを前にすると言葉が出ない。

それどころか、つい意地悪なことを言いたくなってしまう。

――どうして自分はこんなにあまのじゃくなのだ。

そう悩んだギルバートは十五歳のある日『友人の話』と仮定して五歳年上のジョシュアにそのことを相談してみた。

すると、返ってきたのだ。

『それは、好きな子をいじめたいとか意識しすぎて話せないといった類の幼い恋愛感情ではないでしょうか』という衝撃的な答えが。

まるで剣術の訓練中に頭を木刀で殴られたような衝撃である。

そのときのギルバートの表情があまりにも面白かったらしく、事の顚末《てんまつ》はジョシュアから国王や兄である王太子へと光の速さで伝わった。

『友人の話』のはずだったのになぜ、と思っても後の祭りである。

清廉で無垢《むく》な聖女であるケイトは、あらゆるものへの愛を持っているようだった。

ギルバートと接していても、いつもニコニコと柔らかく微笑んで、時折遠くのほうへと思いを馳《は》せる様子がある。

(きっと、今も民の平和を考えていたのだ)

エルネシア王国の聖女としてその役目を一身に背負うケイト。

婚約者の身体《からだ》が心配になったギルバートは、お茶の時間もそこそこに立ち上がった。

「疲れているなら部屋まで送らせよう。……ジョシュア!」

「はい、殿下」

視線で指示を出すと、ジョシュアは含み笑いで頷いた。

ちっ、この男、とギルバートが胸中で舌打ちをする間に、ケイトは美しい淑女の礼を見せてくれた。

「失礼いたします。また、お招きいただけますことを」

「ああ」

たおやかな微笑みを浮かべて部屋へと戻っていくケイトを見送りながら、ギルバートは改めて決意する。


——絶対に、婚約破棄なんてさせない、と。


あらゆるものへの深い愛を持つケイトは、自分から邪な感情を抱かれていると知ったらひどく怖がるだろう。

(抱きしめたい、キスがしたい。そんな贅沢《ぜいたく》は言わない。ただ、手を繋ぎたい、あの柔らかな髪に触れたいだけなんだ……しかし、この感情を彼女に気づかれてはダメだ)

第二王子の婚約者といえど、お妃教育は長いものとなる。

ギルバートはその中で、夫との閨《ねや》でのかかわりに関しては教えないように通達を出していた。

（ケイトが私のことを怖がって婚約解消を申し出たら……そんな恐ろしいこと、考えたくもない）

聖女以上に聖女にしか思えない愛しい婚約者から別れの言葉を引き出さないための戦いに明け暮れる日々。

そのギルバートの日常は、あっけない形で幕切れを迎えることとなる。


「王宮内の私室に、ケイトがいないというのは本当か？」

「は……はい。夕方までは確かにいらっしゃったようなのですが……」

ギルバートのあまりの剣幕に、彼の側近・ジョシュアは表情を硬くした。夜もすっかり更け、いつもなら部屋に下がり呼び出されることなどない時間帯だ。

「一体どうして……」

ギルバートは寝台に座り込んで頭を抱える。

そこには普段、頭脳明晰《めいせき》、眉目秀麗な第二王子と評される普段の彼の姿はない。

寝台横の灯りに照らされるサラサラの黒髪も紺碧《こんぺき》の瞳も暗く影が落ち、焦りの表情ばかりが浮かんでいた。

「申し訳ございません。その……部屋に『今回の件は、すべて、国王陛下の裁可に従います』という書き置きが残されていて……異世界から来た少女が姿を消したことと関係があるのでは、と捜索中です」

「お前が聖女と勘違いした異世界人のことだな」

「それは……本当に申し訳ございません」

ジョシュアはさらに深く頭を下げた。

ギルバートが、異世界から聖女がやってきたらしいと聞かされたのは今日の午後のことだった。

ケイトをお茶に誘おうと思ったところで、兄である王太子に急に呼び出されたのだ。

慌てて行ってみると、そこには神から非常に強い加護を受けていることを示す黒髪の少女がいた。

（ケイトと同じぐらいの年頃か……）

ギルバートは、純粋にショックだった。

このエルネシア王国では聖女は王族と結婚するという決まりがある。ケイトもれっきとした聖女であることは疑いようもない事実だったが、異世界人の能力の高さは広く知られている。

兄が隣国の王女と婚約済みであることや諸事情を考慮し、ケイトとの婚約が破談になることは目に見えている。

焦ったギルバートは、異世界から来た少女とろくに会話を交わすこともなく、その足で国王の執務室へと向かったのだった。

「国王陛下。至急、重要なご相談が」

「来たか、ギルバート。そろそろ来るのではと待っていたぞ」

ギルバートを出迎えたのは兄である王太子だった。

部屋の奥には国王がロッキングチェアに座って揺れている。二人の表情は、どう見ても楽しそうである。

そして、執務机から離れて置かれた応接セットには酒とつまみの類が準備されていた。

(しまった)

ギルバートには王太子である兄のほか姉が二人いて、兄弟の中では末っ子だ。

二十歳を迎えた今でも家族間でからかわれることが多いのは、子どもの頃から末っ子としてかわいがられてきたからにほかならない。

この後の予定を察して踵を返そうとしたギルバートの肩に、王太子ががっしりと手を回す。

「異世界から来た少女の件で相談があるのだろう？　話は酒でも飲みながらゆっくり聞こうじゃないか」

「……」

いわゆる、上司二人からの誘い。

ギルバートに、断れるはずがなかった。

「この前、ケイト嬢からアーモンドクリームパイをもらっただろう？　ジョシュアが言っていたぞ、執務机に置きにやにやしながら眺めていて気持ちが悪いと」

「ほう。ケイト嬢が作った菓子か。わしもぜひ食べてみたいものだな」

ニコニコしながらグラスを揺らす王太子と国王に、ギルバートは口を尖らせる。

「……眺めていたのは一日だけです。次の日には食べました」

「平民の文化では、手作りの菓子をもらったらその場で口にしておいしいと伝えるのがいいらしいぞ？」

「そんなことをしたら一瞬でなくなってしまいます。ケイトが作るお菓子は何よりもおいしい。私のために作ってくれたと思えばなおさら大切にしなければ」

自信を持って言い切ると、国王と王太子がぶはははは、と笑い声を上げた。完全にからかわれている。

けれど、ギルバートがこんなに素直に惚気《のろけ》ているのには理由があった。

それは、この二人に捕まってしまったら洗いざらい全部喋るまで離してくれないと身をもって知っているからである。

恥ずかしさに赤くなってしまった顔を隠しもせず、ギルバートは二人に視線を送った。

（とっとと話してしまって本題に入ろう）

「……で。国王陛下、王太子殿下。私がこのように慌ててこの部屋にやってきたのは、異世界から来た少女の件です。聖女として召喚されたというのは本当なのでしょうか」

「ああ？　なんと？」

わかりやすく急に耳が遠くなってしまった国王に、心の中で舌打ちをする。

この集いはどうあっても長引きそうである。

それから数時間。ギルバートは、どれぐらいケイトのことを想っているか、どんなに妃として迎えたいかを語らされた。

二人からやっと解放されたとき、夜はすっかり更けていた。

異世界から来た少女がいないない、と騒ぎにならなければ、きっと朝まで飲まされていたかもしれない。

しかも、最後に兄はギルバートに言ったのだ。

『あの子は聖女ではないようだぞ。能力を鑑定したが、飛び抜けているのは力と声の大きさ。聖女としての能力はないようだった』と。

最初にサクラを見つけたジョシュアが彼女を聖女だと勘違いしたのは、髪色がブロンドではなく黒だったことと『異世界から来た聖女か』との問いを肯定したらしいことが原因だった。

この国では、ブロンド以外の髪色を持つのは聖女として生まれる者以外にほとんどいない。

異世界から来た少女が聖女ではないと知っていたからこそ、国王と王太子はギルバートをからかった。

けれど、そのせいでギルバートがケイトに会いに行く時間がなくなってしまったことが、二人の関係に大きな変化をもたらすこととなる。

部屋に戻ったギルバートは首を振った。

「……すまないジョシュア。過ぎたことは仕方がない。ケイトがいないと聞いて気が動転してしまった。……とにかく、これからケイトを捜す。最後に会ったのは誰なんだ？」

「ケイト様の侍女アリスです。殿下に緊急の取次ぎを申し出るため、ケイト様をお一人にしたところその間にいなくなってしまった、と」

許されたとは言っても、ジョシュアは表情が硬いままだ。この事態を招いたのは自分の勘違いが原因とあっては、仕方ない。

そのまま二人は、王宮内に置かれたケイトの私室を訪れた。

「ギ、ギルバート殿下……ジョシュア様……」

そこには、もう夜中だというのにケイトの侍女アリスが待っていた。

クローゼット内の床に座り込み、ケイトが慌てて荷造りをしたせいで散らかってしまった部屋を片付けている。

二人の姿を認めたアリスは、驚き立ち上がる。

「この度は本当に申し訳ございません。私がお嬢様をお一人にしたばっかりに……」

「いや、君は悪くない。ケイトは自分が聖女として不要になったと思い込んでいなくなったのだろう？　もしそうなら、聖女としてではなく婚約者として愛していると伝えてこなかった私が悪いのだ。心優しいケイトなら、異世界から来た聖女が居心地悪さを感じないように姿を消した可能性もある。いや、そうに違いない。ああなんてことだ」

ギルバートの言葉は婚約者の侍女への慰めではなく、本心だった。

そして、寝台の上に畳まれた服に気がつく。

「……この服は」

「それが、私も見たことがない服で……ケイトお嬢様はそのような服は持っておりません」

ギルバートは服を手に取って広げた。

「これは、あの異世界から来たサクラという少女が着ていたものではないか」

「！　ということは、ケイト様はやはり異世界から来た少女と一緒に行動されているということですね」

「……私は今からすぐに出る！　支度を！」

ジョシュアの言葉に、ギルバートは服を放るようにして置き、勢いよく部屋の外へと歩き出そうとした。

それをジョシュアが必死で止める。

「お待ちください、殿下。明日も重要な面会のほか、執務がございます。それに、ケイト様は王宮の馬車を使っておらず手がかりがありません。今は、私どもと、アンダーソン侯爵家で捜しております。殿下が行かれるのは有力な情報が出てからでお願いします！」

主君の執務を滞らせてはならないジョシュアも必死だった。

少しの衝動の後、彼が言うことがもっともだと理解したギルバートはそのまま項垂《うなだ》れる。

そして、出しっぱなしになったままのジュエリーボックスを見つめて呟いた。

「ケイト……私が贈った宝石は持って行ってくれなかったのだな……」


その翌々日。

ギルバートは、落ち着かないままに執務に臨んでいた。

（ケイトが見つかったという連絡はまだない……。彼女は小さな頃から大切に育てられてきた箱入りのお嬢様だ。異世界から来た少女と一緒とはいえ……きっと生きてはいけまい。万一のことがあったら……私は……！）

指に力が入りすぎて手元の書類が歪《ゆが》んでしまったことに気がついたギルバートは、深く息を吐いてから席を立った。

「ジョシュア」

「はい」

「昨日から大量の決裁書類が届いているが、私ではない者の裁可でも進められるものが混ざっているように思うが」

「それは気のせいでは、殿下」

ジョシュアは白々しく頭を掻《か》いた。

一昨日、自分のミスのせいでケイトがいなくなったと知ったジョシュアは主君に頭を下げ、小さくなっていた。

が、本来の彼は幾分抜けているところはあるものの『エルネシア王国の軌跡』の別シナリオのヒーローとして選ばれるぐらいには容姿端麗で見どころのある男だ。

ケイトへの鬱屈した想いを抱えるギルバートに軽口を叩くこともある。

一方、ギルバートはケイトのことを一刻も早く自分の手で捜しに行けるよう、寝る間を惜しんで執務室にこもっていた。

しかしなぜか仕事は一向に終わる気配がない。

それは、冷静さを失っている主君が手当たり次第に動き回ることを避けたいジョシュアの仕業だった。

「どう見ても急ぎではないが『十年後の農地計画』『お菓子税新設の草案』までは仕方がないとして……『リチャードソン侯爵家の夫婦喧嘩《げんか》の仲裁』まであるぞ」

「リチャードソン侯爵家は今大変みたいですね。女主人の命令でリチャードソン侯の食卓には毎日パンしか出されないらしいです」

「リチャードソン侯爵家はお前の家だろう。夫婦喧嘩ぐらい自力で何とかしろ」

「お恥ずかしい話で。殿下がお手伝いしてくだされればあっという間に解決するはずなのですが」

「もっとまともな話はないのか。優先順位をつけて、重要なものからこなしていくぞ。リチャードソン侯爵家の夫婦喧嘩の仲裁まで辿り着いたら、俺はケイトを迎えに出かける。ちょうどいい指標ができた」

焦りつつもいつもの調子を取り戻してきたギルバートに、ジョシュアは安堵《あんど》の息を吐く。

そうして、今日一番重要な書類を取り出した。

「一昨日の夜、ミシャの町とこの王都を結ぶ道で小さなドラゴンが出たようです。幸い、ドラゴンはすぐに飛び去ったらしくこの王都に被害は出ませんでしたが」

「何。王都以外の被害状況はどうなっている」

「いいえ。襲われたのは森の中でドラゴンにでくわした商人一人です。ちょうどその商人が今日別の用事で王宮に来まして、詳細を聞くことができました」

「その商人は大事には至らなかったのだな。それはよかった」

「はい、偶然通りかかった馬車に乗っていた者が上級ポーションを持っていて助かったと」

「……すごい幸運だな」

上級ポーションは高級品だ。貴族階級以上でないと常に持ち歩くのは難しい。

その通りかかった馬車に乗っていたのは貴族なのだろう、そこまで考えたところで、ジョシュアがかわいらしい箱を出してきた。

「これは、その商人からの献上品です。ミシャの町で人気を博している『クロワッサン・ダマンド』なるものだそうです。国王陛下も王太子殿下も召し上がって、大層おいしかったとおっしゃっていました。私もお毒見で少しいただきましたが、それはもう……」

「今はそんなものを食べる気にはなれない。置いておけ」

夢見心地のジョシュアを遮り、ギルバートは深くため息をつく。ケイトがいなくなって以来、食欲も落ちていた。

しかし、空気を読まないジョシュアは引き下がらない。

「ですが、お店の名刺の裏に『ショーミキゲン』があるので本日の午前中までに食べ終わるように、と書いてあります。このパンは午後になったら食べられなくなるのですよ？　本当にいいんですか、殿下」

「ショーミキゲン？　なんだそれは」

聞いたことがない言葉に、ギルバートは名刺をジョシュアから受け取る。

「……これは……！」

そこに書かれていたのは、見覚えがある筆跡だった。

ケイトがいなくなってから、ギルバートはこれまでに送られた手紙を何度も読み返した。

綴《つづ》られているのは、最近読んだ本の話、新しいお菓子の話、侍女のアリスとの日常の話……。どれもたわいのないものばかり。

でも、その手紙を彼女が書き上げているところを想像するだけで、甘美な時間だった。だから、彼女の字を見間違うはずはない。

ちなみに、ギルバートの返事はいつも『読んだ、ありがとう』の一言。それとともに、豪華な贈り物が添えられるのが決まりだった。

ジョシュアから『たまにはもっと長い手紙を書いて差し上げてはいかがですか』と呆れられたこともある。しかし、顔を赤くしたギルバートがギロリと睨んで終わりだった。

それが、今回の事態を招いた一因にもなっている。

なお、ギルバートをからかいすぎたことを反省した国王と王太子が『自分たちの孫と息子にはもっと女性の扱いをきちんと教え込もう』と思案しているのはまた別の話だ。

「いかがなさいましたか？」

「いや……この筆跡がよく似ているのだ。ケイトの文字に」

そう呟いたギルバートは、ワゴンの上のクロワッサン・ダマンドに目をやる。そして徐《おもむろ》にそれを手に取り、口に運んだ。

「……！」

それは、確かに覚えのある味だった。この前、ケイトが作ってくれたアーモンドクリームパイによく似ている。

シェフが姉たちの好みに合わせて作る、甘ったるいクリームではない。さっぱりとしているのにコクがある、上品な風味だった。

ギルバートは、無言のままクロワッサン・ダマンドを残さず咀嚼して飲み込むと、言った。

「その商人は、ミシャの町との間の道でドラゴンに襲われ、偶然通りかかった馬車に乗っていた者に助けられたと言ったな。上級ポーションを使わないと助からないほどの怪我を。しかも、一昨日の夜だ」

「はい。……あ！」

ジョシュアは、聖女であるケイトが持つ力に、やっと気がついたようだった。

「不自然な上級ポーション、この筆跡、このパンの味。私としては、十分に動ける証拠は揃っているのだが。それでもまだ行ってはいけないか」

ギルバートは寝不足のせいで充血した瞳でジョシュアを睨む。

睨まれたジョシュアは涼しい顔で微笑んだ。

「いえ行きましょう、殿下」

それからすぐに王城を出発したギルバートは、数時間後にはミシャの町に降り立っていた。

たくさんの人々で賑わうメインストリートを眺めながら呟く。

「ミシャの町。ここにケイトがいるのか……」

「まだいらっしゃるとは決まっていませんが」

余計な一言を挟んだジョシュアをギルバートは睨んだ。

時間は午後のお茶の時間を過ぎた頃である。

極秘の訪問のため、お供は数人だけ。服装も旅人に見えるよう質素なものにし、目立つ黒髪はストールで隠した。

ギルバートの手元には、ケイトの手書きと思われる『ショーミキゲン』が書かれたパン屋の名刺。

目的地は、すぐそこである。

【第三章】　ギルバートの到着

　ギルバートがミシャの町に到着した頃、ケイトとサクラは商品が売り切れになった店内を掃除しているところだった。

　クライヴは配達、エリノアは仕入れに行っていて、ここにはケイトとサクラの二人きりである。

　髪が落ちないようにぴったりとした帽子を被り、真っ白なエプロンを身につけたサクラが、口を尖らせて告げてくる。

「ねえ、ケイ。もうそろそろこの町にギル様が来ると思うんだけど、会っても名乗っちゃだめだからね。約束だよ？」

「ギルバート殿下が？　まさかそんな」

「そんなことあるの。間違いなく来るんだから！　知らん顔して、あなたなんて知りませんって顔してね？」

「そんなことは……」

　サクラの言葉の意味がわからないケイトはただ目を瞬くばかり。ケイトにしてみれば、冷たい婚約者が自分を捜しに来るなんてありえないことなのだ。

(でも、私ではなくサクラ様を捜しに……というなら、十分ありうる話だと思うけれど)

考えるだけで悲しくなったケイトは、さりげなく自分の手首に目をやった。

そこには、十三歳のときに彼から贈られたブレスレットが光っている。

サクラがこの世界にやってきてから、ケイトはこのブレスレットを何度も外そうと思った。

けれど、ギルバートにこれを贈られた日のことを想うと、どうしても外せなかった。

あの日『どなたが選んでくださったのでしょうか』と問いかけたときの、ギルバートの赤い顔とわずかに泳いだ目。

いつも完璧に整った鉄仮面の心の中に触れた気がして、ケイトはとてもうれしかったのだ。

(でも、もう忘れなきゃ。もしギルバート殿下がサクラ様を捜しに来たとき、私がこんなものを身につけていてはいけないもの)

覚悟を決めたケイトはずっと大切に身につけていたブレスレットを外し、エプロンのポケットにしまう。

そして自室の引き出しの奥深くに、結婚指輪を作るための宝石と一緒にしまい込むことを心に決めたのだった。

一方、ケイトの静かな決意を知らないサクラはまだ不思議な話を続けている。

「いい？　ギル様ルートで初っ端からケイがケイトだってバレると『バッドエンドその1、愛のない結婚生活』に行きつくのよ……！　そのシナリオに進んじゃうと、ケイトはすぐに王宮に戻って結婚することになるの。一見幸せなんだけど、ギル様は拗《こじ》らせたままだし、ケイトも彼からの愛を信じ切れなくて、結局は破滅！　バッドエンドなの……！」

「……なるほど」

「そしたら、私、精神的に死ぬ。トラックに轢かれたときよりも心が痛い。だから、その辺お願いします」

「……わかりましたわ」

サクラがたまにおかしくなるのはいつものことなので、ケイトは特に気にしない。

というか、サクラによる『推し』の話はケイトにとっての恋愛小説だと思えば何もおかしくはなかった。

キラキラと目を輝かせるサクラに微笑んでから、ケイトは箒《ほうき》とちりとりを手に店の外を掃こうと扉を開ける。

ガラス扉につるされた鐘がカランと鳴って、遠くのほうから数人の高貴そうな服を着た人が歩いてくるのが見えた。

この町は王都に比較的近い。そのため、領地から王都に向かう貴族が立ち寄ることは決して少なくない。

高貴そうな数人のことは気にも留めず、ケイトは店の周りの石畳を綺麗に掃く。

小さな頃から労働を知らずに育ったケイトは、ここで与えられる仕事のすべてが新鮮だった。

（今日はいいお天気だわ。……王都のギルバート殿下のところにも、きっと素晴らしい一日が訪れているはず）

そんなことを考えていると、視線の先に影ができた。あら、と思って顔を上げると同時に声をかけられる。

「この店に……ミルクブルーの髪をしたケイトという名の女性は……」

急に自分のことを問われたケイトは固まった。そこには、見覚えがありすぎる顔。

（ジョシュア様！　どうしてここに……！）

ケイトがギルバートに会うときには大体側に控えていた側近で、面識があるという表現では足りすぎているほどの知り合いだ。

彼がいるということは、ギルバートも近くにいるということにほかならない。

ケイトは青くなって目を泳がせる。

（さっきサクラ様が言っていた……じきにギルバート殿下が来る、って……合っていたわ）

こつん、こつん、と靴の底が石畳を叩く音がして、ケイトの全身にピリリとした緊張が走った。

「……君は……！」

数秒も待たず、ジョシュアの後ろから颯爽《さっそう》と現れたのは、ケイトが今一番会いたくて会いたくない相手だった。

大柄な近衛《このえ》騎士に囲まれてもなお目立つ長身。少しかすれた声を聞くのは何日ぶりだろうか。顔の下半分を隠し、変装していてもわかる整った容姿は相変わらずのものだったが、惹き込まれそうに碧くて美しいはずの彼の瞳は、充血し疲れを感じさせた。

「私は……」

ケイトの目の前まで来たギルバートが、名乗ろうとしている。

今、ケイトは髪の毛を布で包みエプロンをしている。侯爵令嬢として振る舞っていた頃からは想像できない、とても庶民的な姿だった。

しかも、ケイトの特徴であるミルクブルーの髪は昨日エリノアによってプラチナブロンドに染め変えられたばかりである。

彼が躊躇《ちゅうちょ》しているように思えるのは、たった数日でここまでの変化を遂げたケイトに確信が持てないのだろう。

ケイトは、ほんのわずかな間にちらりと店内のサクラのほうに目をやる。

彼女は目を輝かせてこちらを見ていた。……と同時に、首をぶんぶん横に振っている様子だ。名乗るな、という指示なのだろう。助けにはなってくれなそうだった。

どうしよう、と思案するケイトの心の中に、さっきサクラが話していた『バッドエンドその1、愛のない結婚生活』が思い浮かぶ。

と同時に、すれ違いから真実の愛を見つけられるという『ハピエン』のことも。

（もし……聖女であるサクラ様の予言が当たるなら……！）

彼女の未来を視る力を信じたケイトは、口をきゅっと結び直し、覚悟を決めた。

「私は、ケイ・スクラインです！　そんな髪の人、知らないね！」

「「「……」」」

三人の間には微妙な空気が漂う。ケイトは身元を隠すために庶民的な言葉遣いを心掛けたはずが、なんだかおかしくなってしまったようだ。

「……私は、王国の騎士をしているモルダーと言います。ケイ嬢、あなたとお話がしたいのですが」

（!?）

ギルバートが身分を偽り違う名前を名乗った。

驚いたのはケイトだけではない。それを横目で確認したジョシュアが慌てて首元の布を引き上げたのが見えた。

ひょっとしなくても完全に手遅れなのだが、ケイトはそれに気づかないふりをした。

（モルダーって……ギルバート殿下のミドルネームだわ）

エルネシア王国では、特に親しい間柄ではミドルネームを呼び合うという文化がある。

それは、ケイトにとってずっと憧れだった。今はまったくそんな場合ではないのだが、うっかり夢が叶ってしまったことにうれしくなってしまう。

耐えきれず目線を上げれば、ギルバートの美しい顔が映った。

――今日も、顔がいい。

（いけない）

つい、ギルバートの顔に見惚れそうになってしまったケイトは一瞬で我に返る。

「……私ですか。ごめんなさい。今、仕事中なんです」

「あなたの仕事が終わるまで待っていてもいいでしょうか。実は、商人が持ち込んだこのお店の新しい甘いパンを食べて……とてもおいしくて、王都から来たところなのです」

「⁉　そ、そんなパンは」

その商人というのは、ケイトとサクラがミシャの町に来た日に助けた商人のことなのだろう。事情を把握したケイトはしどろもどろになってしまったが、クロワッサン・ダマンドを作ったのがケイトだと信じて疑わないギルバートは止まらない。

「あの上品なおいしさのパンをどんな人が作ったのかと。ぜひ、お話を」

「あの上品な、おいしさ……ほ、本当ですか……」

（ということは、ギルバート殿下は私が作ったアーモンドクリームを食べてくださったということ⁉　しかもおいしいと言ってくださるなんて……夢みたい！）

冷静になって考えてみればおかしすぎるギルバートの言葉に、ケイトはたった数秒で陥落しかけた。

けれど、そこでカランと音がして背後の扉が開いた。

「パンは売り切れなんです！　また明日来てください！」

鼻息荒く出てきたのはサクラだった。でも、瞳は爛々《らんらん》と輝いている。

ケイトを守るように立ちはだかり視線を遮るサクラに向け、ギルバートは食い下がる。

「しかし、話ぐらい……」

「いーえ！　二人っきりのイベントは二回目からです！　今日は、この町で一番雰囲気のいいカフェがお休みだし！　明日！　明日にしましょう！　ああっ、ここでツーショットとお別れするのが惜しい！　悔しい！　でも我慢！　はい、今日は解散、解散、解散でーす！」

なかなかの大声に、ギルバートだけでなく周辺の通行人たちもギョッとしている。その隙に、ケイトもサクラが予言する『ハピエン』のことを思い出して我に返った。

（いけない。ギルバート殿下が来てくださってうれしくて、つい聖女様のお告げを無視してしまうところだったわ！）

「あの、その……と、とにかくパンは売り切れです！　また明日お越しくださいませ！」

がちゃん。

そうして、『ベーカリー・スクライン』の扉は閉ざされたのだった。

◇

ジョシュアとともにホテルに戻ったギルバートは、この後のことを思案していた。

「ケイトは……私だとはまったく気がついていない様子だった。いつもと態度が全然違ったな」

「いやそれはないでしょう。しっかりわかっているように見えましたよ？　ていうか、一緒にいたのってあれ絶対に異世界から来た少女ですよね。殿下は気づいてないんですか」

「いや、異世界から来た少女のことはわかったが、ケイトは絶対に私がギルバートだと気がついていないと思う。だってあの純粋で素直なケイトだぞ。嘘《うそ》をつくはずがないだろう！」

「んなわけありますか。『モルダー』と名乗った瞬間、彼女は安堵しながら頬を染めておいででしたよ？」

ジョシュアの返答をまったく気に留めることなく、ギルバートは一人で考えを突っ走らせる。

「ケイトが私が誰なのかわからないというのであれば……それを利用してもいいかもしれないな」

「ああ。別人としてなら優しくして差し上げられますか」

すっかり色ボケしていて話を聞かない主君にジョシュアは呆れ気味だったが、ギルバートは至って真面目である。

「私は、心を入れ替えようと思う。身分を偽ってでも、もう一度ケイトと関係を築き直したい」

「それ、後で本当のことを話したら嫌われるやつじゃないですか」

「明日、また来てくれと言っていた。贈り物は何がいいと思う？」

「あれ、ケイト嬢のお言葉をそういう意味にとりました？　どっちかと言ったら追い出したいほうの意味に思えたんですが。ていうか全然話聞いてませんね⁉」

強烈なジョシュアの嫌味をスルーしてしまうほど、拗らせすぎたギルバートの目覚めはおかしな方向に進んでいた。

◇

一方、就寝の支度を終えたケイトとサクラはベッドに座り、ガールズトークを繰り広げていた。

「ギルバート殿下が……私にモルダーと名乗ってくださったわ……」

「ああ……いい！　パン屋に居候したりいろいろ予定と違うけど、でもこれはシナリオ通り……！」

二人とも感激しているところだったが、その方向性はまったく違うようだ。

ケイトの感激は、エルネシア王国の名前の呼び方に起因する。この国では、名前を呼び合うときはファーストネームが基本だ。

しかし、恋人同士や家族など特に親しい相手に限ってはミドルネームで呼ぶことを許すこともある。当然、これまでケイトは『ギルバート』というファーストネームでしか呼んだことがなかった。

しかし、今日彼は自分をミドルネームで呼ぶようにケイトに言ったのだ。

もちろん、ファーストネームとして伝えているため、本来の意味からかけ離れているところではあるのだが。

それでも、今日顔を合わせた瞬間に婚約を解消されると思い込んだケイトにとっては、至福だった。ちなみに、サクラの感激に関しては説明するまでもない。

「ねえ、ケイト。ケイトはギル様のどんなところが好きなの？」

「えっ」

突然の質問に、ケイトは頬を染めた。

「ゲームでは『ケイトは幼い頃からギルバートに憧れていた』っていう設定しか明らかになってないんだよね。それですれ違いまくりのシナリオに発展するから、随分なご都合主義だな、って思ってたんだけど！　本当のところはどうなの？　何か、あのギル様を好きになった特別な理由があるんでしょう？」

「それは……」

「それは？」

顔を寄せてくるサクラに、恥ずかしそうに俯《うつむ》いたケイトはぽつりと呟く。

「……顔がいいのです」

「あー顔！　わかるわかるわかるわかる！」

「でも……顔がいい、だけでは説得力に欠けますよね、婚約破棄したくないという」

「いいいい全然いい！　むしろそれだけでいい！　だって、私もパッケージを見たときにギル様から攻略したいと思ったもん！　でも難しすぎて死ぬまで攻略できなかった……つら……ううん、死んでよかった……」

サクラの同意にケイトは目を瞬かせる。

実は、ケイトは仲の良かった侍女のアリスにでさえ『ギルバート殿下の顔が大好きです』と話したことはなかったのだ。

ケイトとギルバートの婚約は政略結婚に過ぎない。ケイトはギルバートを慕っていることを隠しはしなかったけれど、顔に一番の魅力を感じていることは誰にも内緒だった。

『顔が好き』と口にした瞬間、自分の想いが一気に軽いものに見られそうで。いや、自分でも軽いのはわかっているしそんな理由でここまで好きになるのか、とつっこみたくなることもある。

しかし、顔をきっかけとして、ケイトはギルバートのことが大好きなのだ。

（きっかけは顔だったけれど、今では私は彼のすべてが好きなの）

「聖女サクラ様は……少し私と似ている気がするわ。なんというかその……趣味嗜好《しこう》とか、好きなものの愛で方とか」

「ちょっとそれ私も思ってたんだよね！　エネシー城のケイトの部屋で完璧すぎるカバーイラストの本の数々を見てから！　もしかして、ケイトもオタクなのかなって」

「オタク」

突然降ってきたネイティヴの発音をケイトは目を輝かせて復唱した。

「あ、この世界にもオタクっているの？　二次元の世界に入り込んじゃうタイプの」

「はい、私がそうです。サクラ様……サクラ様がよくおっしゃっている『ハピエン』とは恋愛小説の登場人物が無事にハッピーエンドを迎えることに近いのでしょうか」

「そうそれ！　この世界の恋愛小説には結末は一つしかないでしょう？　でも、そうじゃないのもあるのよ！　いろんな分岐があって、違った結末になっちゃうやつが！　だから私はケイトと一緒に来たの！」

後半のほうは意味がわからなかった。けれど、薄々感じていた『サクラは自分と趣味を共有できる人だ』という事実がうれしくて、ケイトの胸は弾む。

「私、初めてですわ。本の世界にのめりこんだり、誰かの顔を特に好きだと言うことを認めてくださる方に出会ったのは！」

「そう？　でも意外だなぁ。ケイトって、ルックスの良さに左右されるタイプには見えないから……ましてや、その顔のために王宮から逃げ出すなんて！　きっとギル様もケイトのことは清廉潔白な聖女だと思ってるよ」

「そんな……」

ギルバートにとって、ケイトはただの国から決められた婚約者に過ぎないはずだった。

そうでなければ、あんなに冷たく振る舞うことはしないだろう。何と答えたらいいかわからなくて、ケイトは言葉に詰まる。

「でも本当にケイトってギル様の顔だけが好きなの？　そのために、貴族令嬢にしては珍しく厨房に入ってお菓子を作るなんてこと、する？　だって初めはお父様に叱られたんでしょう？　シナリオに書いてあっただけだけど！　ワハハ！」

快活に笑うサクラに、ケイトは急に恥ずかしくなった。

「顔が特に好きだったのはもっと小さな頃の話ですわ。今は……ギルバート殿下の喜ぶお顔が見たいと思っています」

「ふぅん。やっぱり、顔だけじゃないんだね！　あーたのしー！　ケイトと一緒に恋のお話！　エルきせの世界さいこー！」

パジャマ姿で首元に抱きついてくるサクラに揺さぶられて、ケイトは赤くなった頬を隠しながら呟く。

「ギルバート殿下は明日また私に会いに来てくださるそうです。もしかしたら、久しぶりにきちんとお話ができるかもしれません。私としてではないのが悲しいですが……」

その瞬間、サクラの顔色が変わった。

ついさっきまでケイトの首元に抱きついていた手で、今度は肩を揺さぶってくる。

「いい、ケイト？　明日のデートは雰囲気のいいカフェに行ってお話するのよ。それで、何を聞かれても適当にはぐらかすの！　まだ本当のことを答えちゃダメ」

「どうしてでしょうか？　ですが、ギルバート殿下は私が元婚約者だとはお気づきではない様子でした。だって、もしそうだったら私と話したいなんて言ったりしないはずですし」

「それは……。でもね、ケイト。このデートでの会話はすべて『バッドエンドその1、愛のない結婚生活』に繋がっているの。ヒーロー……ギル様がケイトに心の内を全部見せてくれるようになるまでは、絶対に本当のことを言ってはダメ！」

「……何となくわかりました、サクラ様」

『聖女サクラ様』の言葉に、ケイトは神妙な様子で頷く。すると、サクラはケイトの手を取る。

「すべては、ハピエンのために」

「ハピエンの……ために？」

わからないことだらけだったが、オタク同士はわかりあえるものだ。

あっさり話はまとまった。


翌日のベーカリー・スクライン。

白いエプロンをつけ、白い帽子で髪の毛をしっかり覆ったサクラが得意げに宣言する。

「クロワッサン・ダマンドを焼くのも慣れてきたし、今日は新しいパンに挑戦したいと思います！」

「新しいパン……って、今度はどんなのでしょうか？」

ケイトが問いかけると、サクラはさらに声を張り上げた。

「せっかく、ギル様……じゃない、モルダー様がケイの作ったアーモンドクリームをおいしかったって言ってくれたんだもの！　お茶に誘われたときに渡せる、小さなスイーツサイズのミニメロンパンを焼いてかわいくラッピングしたいと思います！」

「おー……。その前にほかの仕込みも頼むな？」

話を聞いていたらしいクライヴがサクラのおでこを軽く小突く。

「あ、クライヴ、好きな子できた？」

「できてねーよ」

（サクラ様とクライヴさんはすっかり仲良しになったのね）

戯《じゃ》れ合う二人を見ながらつい笑みが溢《あふ》れる。

ミシャの町に来てまだ数日だったが、ケイトとサクラはすっかりこの家に馴染んでいたし、焼いたパンも人気を博していた。

サクラは小麦粉が入った袋を持ち上げると、にっこり微笑む。

「……と、いうことで、ケイはクッキー生地を作ってくれる？　私はふかふかのパン生地を捏ねるから！　ケイってクッキーも得意だもんね？」

「クッキー生地……わかりました」

ケイトは頷くと、すぐに作業に移った。

柔らかくしたバターをクリーム状になるまで混ぜたら、そこに少しずつお砂糖を加えていく。

ケイトがギルバートによくお菓子を差し入れるのは、小さな頃に甘いものが大好きだったという記憶があるからだ。

実際、今もそれは変わらないのだけれど、大人になってからケイトは彼が甘すぎるお菓子が得意ではなくなったことに気がついていた。

だから、ケイトは優しい甘さでもコクが出せるブラウンシュガーを選ぶようになった。

お砂糖が馴染んだら卵を入れてなめらかになるまで混ぜ、香りづけのためにバニラオイルを数滴。

そして最後に小麦粉を振り入れ、さっくりと混ぜていく。

冷蔵庫で寝かせた生地がしっとりする頃には、サクラのパン生地も出来上がっていた。

「後は、このクッキー生地でパン生地を包んで焼くだけ！　モルダー様にお渡しする分はケイが自分で作ったら？」

「……ええ、やってみます」

パンは見た目も大事だ。

ケイトはこのベーカリー・スクラインを手伝ってはいるが、成型はクライヴとサクラの仕事。でも、ギルバートが食べてくれるかもしれないなら、自分で作りたいところだった。

ケイトは、サクラの手元を真似て、メロンパンの成型に取り掛かった。

適度に伸ばしたクッキー生地の上に、丸めたパン生地をのせて包む。このパンは、焼くとぎっしりした歯ごたえではなく、ふわふわの口当たりになるのだという。

この前のサクサクしたクロワッサンもだったけれど、サクラが教えてくれるパンはこのエルネシア王国にはないものばかりで、ケイトはわくわくしていた。

最後に、クッキー生地の上にキラキラのお砂糖をまぶし、不思議な網目模様を描いて焼き上げたら完成だった。

「「あ……甘くていい匂い！」」

出来上がったメロンパンを前に、二人の声は重なった。

馴染み深いこんがりとした焼き色ではなく、クリーム色の見た目が何とも珍しく、おいしそうだった。

そのうちの一つを四等分し、クライヴも含めた三人で口に放り込む。ちなみに残りの一切れは、朝食の支度をしているエリノアの分だ。

「「「おいしい！」」」

今度は三人の声が重なった。いつもの如《ごと》く、サクラが一人で続ける。

「このサクサクのクッキー生地！　サックサクなのに、ほろほろと崩れるザクザク感もあって完璧！　こんなにメロンパンにぴったりのクッキー生地が作れるなんて……ケイトは天才なの？　上に乗ったカリカリのシュガーも食感がいいし、後からガツンとわかりやすい甘さがきてサイコー！　ギル……」

サクラがギルバート、と口にしそうになったところで、ケイトは慌ててサクラの口を塞ぐ。

「……あ、ごめん」

「いいえ。間に合ってよかったですわ」

二人は笑い合う。こんな光景もいつも通りだった。

「そろそろ開店するぞ」

「『はーい！』」

クライヴの声に、ケイトとサクラは揃って返事をしたのだった。


朝のピークが終わると、ベーカリー・スクラインには一時的な休息の時間が訪れる。

「今日もよく売れたねえ」

「そうですね。サクラが焼くクロワッサンは、あっという間にミシャの町で人気のパンとして定着して、本当にすごいですわ」

ほぼ空になった棚を、ケイトとサクラは得意げに眺めた。

今日、窓際の目立つスペースに置かれたパンは、メロンパン、クロワッサン、クロワッサン・ダマンドの三つ。

既にクロワッサンとクロワッサン・ダマンドの評判はミシャの町中に広まっていて、開店早々に売り切れてしまった。

朝のピークを終えたケイトは、ギルバートに贈るために焼いたプチサイズのメロンパンを丁寧にラッピングする。

透明の袋に入れて、口をリボンで結ぶ。包材として箱ではなく袋を選んだのは、気軽に食べてほしいという思いからだ。

(私の目の前で……食べてくれるかしら……)

もし今日、ギルバートが自分のことを誘いに来てくれたとしても、それはケイトではなく『ケイ』への好意だ。そのことは十分にわかっているはずなのに、ケイトは胸が期待に膨らんでいくのを感じていた。

「ケイは今日約束があるんだっけ？　それなら、午後早く上がっていいぞ」

配達から戻ったクライヴの言葉に、ケイトは詰まる。後ろにはサクラが大袈裟《おおげさ》にうんうんと頷く姿が見切れている。

「え……ええ。でも……」

(考えてみたら、皆が働いているのに私だけお休みをいただくなんて、そんな。それにギルバート殿下が本当にいらっしゃるかもわからないし)

「よくわかんないけど『ハピエン』のためなんだろう？　俺も、応援するよ」

まだ十六歳のクライヴは、とてもいい子だった。

ということで、ケイトは予定よりも早くベーカリー・スクラインの仕事を上がることになった。

久しぶりに、ギルバートとまともな会話ができるかもしれない、とケイトは楽しみにしていた。

――どんな午後が待ち受けているかも知らずに。


「……私と、結婚してください」

どうしてこうなったのか。

ミシャの町に隣接する小さな湖のほとりに面した、この町で一番おしゃれなカフェ。

そのテラスにある特等席で、ケイトは瞳孔を全開にして固まっていた。

目の前のギルバート、もといい本人的にはモルダーはリアルに大きなバラの花束を抱えてケイトの瞳を見つめている。

もちろん、さっきの「結婚してください」は彼が発した言葉だ。

状況を理解する時間が欲しかったケイトはこれが冗談だったら、と思ったのだが、そんなはずがないというのは彼の熱っぽい視線から明白である。

さっきまで濡《ぬ》れていたはずの頬はすっかり乾き、驚きのあまり涙も引っ込んだ。

(ど……どうして……こんなことに……)

ケイトは、とりあえずさっきまでの出来事を一通り思い返すことにした。

午後、すべてのパンが売り切れたぐらいの時間にギルバートはやってきた。

二日連続で王宮を空け、公務や執務はどうしたのだろう、とケイトは思ったものの誘われるままについていく。

その先が、このカフェだった。

ギルバートは平服を身につけ、顔の下半分にストール風の布を巻いて変装している。昨日は確かに黒髪だったが、今日は銀髪である。間違いなくカツラだろう。

ベーカリー・スクラインにギルバートが迎えに来たのを見たサクラは『これこれこれこれ！　変装で銀髪のギル様！』と大興奮でクライヴに引きずられて店の奥に消えていった。

一生懸命見た目を変えたのはわかるが、ギルバートの顔を見つめ続けてきたケイトには何の効果もない。身もふたもない言い方をすると、目の前にいるのはただのギルバートである。

けれど、別の意味で効果を発揮していた。

（こんなにラフな格好のギルバート殿下を見たのは初めてだわ！　顔がいいと、どんな服装もお似合いになる……本当に素敵です）

ケイトはぽーっと婚約者を見つめてしまいそうになる自分を抑えて、何とか平静を保つ。

二人とも同じ紅茶を注文し終わると、湖畔のカフェテリアには静寂が訪れた。

（いつものこの感じ……。ギルバート殿下は、私のことがお好きではないからお話ししてくれない

のだと思っていたけれど、ほかの女性と一緒でも変わらないのね）

今日のケイトはミシャの町のパン屋の看板娘・ケイである。

本来なら、ほかの女性とデートをされては悲しくなるところだったが、ケイトはそれ以上にギルバートに誘われたことがうれしかった。

むしろ、侯爵家の後ろ盾も聖女としての地位もないのに、自分に目を留めてもらえたことに幸福を感じていた。

ちなみに、ギルバートの後ろのテーブルには、足を組み新聞を広げて顔を隠す男性がいる。

きっとあれはジョシュア様なのだろう、とケイトは推察した。

「ケイ嬢は……このミシャの町で生まれ育ったのでしょうか」

「……あの……近くで、育ちました」

ほとんど嘘をついたことがないケイトは、それ以上の言葉が出なかった。

「小さな頃からあの『ベーカリー・スクライン』の手伝いを？」

「え……いえ……それは、最近で」

近年、ギルバートがケイトにこんなに話しかけてくれた記憶がない。

ケイトはうれしくて、何でも話してしまいたい気分になる。

でも、彼のこの姿勢は『ケイ』に向けられたものなのだと思うと、胸の奥がちりちりと痛んだ。

「それにしても、あなたは本当に美しいですね。昨日、あの店で働いている姿もとても素敵でした。

白いエプロン姿が可憐でしたし、箒とちりとりがあんなに似合うなんて」

「あ、ありがとうございます。お褒めいただき光栄ですわ」

『モルダー』は『ケイ』をとにかく褒め殺す作戦でいるらしかった。けれど、このたった数分だけで十年分ぐらい褒められてしまったケイトは平静を保てない。

奥で、ジョシュアが顔を隠すために広げている新聞が小刻みに揺れているのが見える。

笑っているのをまったく隠せていないが、ケイトにもそれを指摘する余裕がない。

（こ、これはどういうことなの……！）

心臓がドキドキと早鐘を打つ。いつもと違いすぎるギルバートの様子に困惑しきりのケイトは、慌てて話題を変えることにした。

「あの！　今日はこれを作ってみたんです。クロワッサン・ダマンドがお好きだとおっしゃっていたので……似た甘いパンを。お口に合うと良いのですが」

ケイトがギルバートに差し出したのは、今朝サクラと一緒に作ったプチメロンパンだった。

一口で食べられるお菓子のようなサイズのものが五つ、丁寧に包まれている。

「……これを、私に」

ケイトがテーブルの上に置いた包みを、ギルバートは大切そうに受け取る。

その仕草は、いつもと同じだった。

（いつものギルバート殿下は……ここで、お菓子を開けずにしまってしまう）

ギルバートが自分のことをケイトだと気づいていないと信じるケイは、ここで賭けに出る。

「モルダー様。もしよかったら、今食べてみてくださいませんか」

「……今？」

ギルバートは驚いたような視線をケイトに向けてくる。

「はい……あ、あの、今日初めて焼いたんです。もちろん試食はしたのですが……モルダー様の感想をお伺いできたらと」

ギルバートに見つめられてしまったケイトは、もうどうしようもない。町娘のはずなのに、その設定はすっかり頭から抜け落ちている。言葉はすっかりお嬢様言葉だし、振る舞いも貴族令嬢のそれだった。

ただ、舞い上がっているのはギルバートも同じだった。

「ああ。……私は……大切なものは、持ち帰って少しずつ食べたい性質なんです。このパンも本当は……。だが、あなたが言うなら」

（……え？）

ケイトの引っ掛かりをよそに、ギルバートはそのまま包みを開けて、プチメロンパンを口に入れた。そしてもぐもぐ、と咀嚼していく。

さらに、指に少しだけ残ってしまったフィリングまでも、もったいなさそうに舌で舐《な》めとった。

「うん、おいしい」

その感想は、ケイトが昔聞いた、懐かしいものだった。まだ、ギルバートがケイトに冷たくなる前の、心からの飾らない声色だ。

小さな頃からケイトがその顔に恋焦がれ、ずっと彼の側にいたいと思うようになったあの頃の。

「……ケイ嬢?」

はっとしたような、ギルバートの声遣いにケイトは我に返った。

(……いけない)

ケイトの頬を、いつの間にか涙が流れている。

慌ててケイトはギルバートに背を向け、ハンカチを取り出した。

(こんなことで泣いたら……変だと思われてしまうわ!)

ケイトの望みは、サクラが教えてくれる婚約破棄を避けるための未来に辿り着くことだった。

普通なら、恋敵として彼女が言っていることを疑ってもおかしくなかったけれど、いつも興奮した様子で『ハピエン』を語るサクラをケイトは信じ切っている。

「申し訳ございません。少し、体調が。今日は失礼してもよろしいでしょうか」

立ち上がり、髪で彼から顔を隠すようにして告げるケイトを見て、ギルバートも席を立った。

そして、そのあと、この場にいる全員がびっくりする言葉が告げられた。

「……私と、結婚してください」

その言葉は、ケイトが夢にまで見たものだった。

そして、ギルバートはどこから取り出したのかわからないほど大きなバラの花束を抱えている。

(なかった。あの花束は紅茶を注文したところまでは、絶対になかったわ)

完全に許容できる容量を超えたケイトの脳裏には、初めてのつっこみが浮かんでいた。

けれど、アンダーソン侯爵家に生まれた『聖女』としてではなく、一人の女性として愛するギルバートに結婚を申し込まれる。

それは、どんなに恋焦がれても叶わないものだとわかっていた。

その夢がふわりといきなり目の前に降ってきたのだ。

ケイトは頬を摑んでぎゅっと握る。痛い。これは、間違いなく現実である。

ただ、それを受け取ったのは『ケイ・スクライン』だったけれど。

「モルダーさん、ちょっと、こちらへ」

ギルバートがケイトにいきなり結婚の申し込みをした瞬間、背後の新聞紙がザッと立ち上がった。

そして、大きなバラの花束を抱えたギルバートは、ジョシュアによって少し離れた場所へと連行されていく。

「あの……」

ジョシュア様、と呼び掛けていいのか戸惑うケイトに、ジョシュアはぴりっと返す。

「すぐに戻ります」

「は……はい」

呆然《ぼうぜん》としたままのケイトを一人置いて、ギルバートとジョシュアはこそこそと話しているようだった。

内緒話をする二人を見ながら、ケイトは混乱していた。

（あれは本当にギルバート殿下なのよね？　私が何をお話ししても相槌《あいづち》しか打ってくださらなくて、お菓子も食べてくださらない、あの）

ケイトが知っている彼は、いつもクールで言葉少なだ。側近に連行されて行動を咎められている姿など見たことがなかった。

それを新鮮に思う一方で、あることに気がついてしまった。それは。

（今、ケイ・スクラインが結婚を申し込まれたのよね。つまり、彼はサクラ様でも私でもなく『ケイ』を結婚相手として選ぶということ……？）

喜びで赤く染まっていた頬から、すうっと熱が引いていく。自分自身を選んでもらえたことはうれしいが『ケイト』としてはやはり婚約破棄される運命にあるらしい。

ケイトはこぶしをぎゅっと握りしめた。

そこに、ジョシュアとの密談を終えたギルバートが戻ってくる。

「さっきの話は……また改めてさせてください」

「あの、はい」

一体どういうことなのか、と聞くに聞けないケイトに、ギルバートは熱のこもった視線を向ける。

「私は……あなたにもっと私のことを知ってほしいと思っています」

「……！」

その瞬間、ずしりと重いバラの花束がケイトの手に持たされる。

一瞬よろめいたケイトの肩をギルバートが支えたので、正面から抱きしめられるような形になった。体勢に気がついたギルバートが弾《はじ》かれるようにしてケイトから離れる。

「……勝手に触れてしまい、申し訳ありません」

そう告げた彼の声色は、ケイトがよく知る冷静なものだった。

「いえ……あの……」

彼がそっと触れた肩に、まだ感触が残っている。頰を赤くし、なんとか問いかけようとするケイトの言葉をギルバートは遮った。

「返事はまだ結構です。もう少し私を見て判断していただけますか」

「は、はい」

彼があまりにもまっすぐに見つめるので、投げかけたかったはずの言葉たちはケイトの脳裏から立ち消えていく。そうなると、頷くしかない。

「ありがとうございます。今日はこれで失礼します。供の者に送らせましょう」

ギルバートは優しく微笑むと、ケイトに向かって恭しく礼をし、去って行った。

「ケイ様、こちらへ」

ジョシュアにエスコートされながら、ケイトはぼうっとした意識のまま歩く。

（何が起きたのか、わからないわ）

さっき、抱きしめられるような格好になったときの肩の感触を思い出す。

——顔がいい、だなんて、考える隙すらなかった。

◇

「すぐに、王都に戻る。王宮から急ぎで聞いている案件はあるか。急を要するものから順にこなしていく」

馬に跨《またが》りながらサッと頭を切り替えたギルバートにジョシュアは舌を巻いた。

「いえ。執務は数日先の分まで済んでおります」

二日間、第二王子が王宮を空けることは国王も了承済みである。自分たちがからかいすぎたせいでこうなったのだから、当然の計らいとも言えた。

ただ、成人した王族として多くの執務を抱えるギルバートは、いつまでも恋にかまけているわけにはいかなかった。

やっと、主君がいつもの優秀な姿に戻ったことにジョシュアは安堵する。

これだけの切れ者なのに、どうしてあの婚約者が絡むとあんなことになってしまうのか。

そもそも、最初から恥ずかしがらずに想いを口にしていたらこんな事態には陥らなかったのに。

ケイトが聖女すぎるという幻想も育つことがなかったはずだ。

そんなことを考えながら、ジョシュアはギルバートに声をかける。

「バラの花束、ケイ嬢に喜んでいただけて本当によかったですね」

「ああ。お前が言った通りだ。躊躇したが……贈ってみるものだな」

「むしろケイト様が王宮から逃げ出す三日前までに贈っておくべきだったと思いますけどね」

恋とは、本当に恐ろしい。

危なっかしすぎる主君を見ながら、ジョシュアはため息をついたのだった。


大きなバラの花束を抱えて帰ったケイトを待ち受けていたのは、サクラの悲鳴だった。

「えええ！　どういうこと！　もう！　バラの花束！　これって、ヒーローとヒロインの好感度が相当上がってないと出て来ないやつ！　三回目のデートで出てくるやつ！　どうして！　やっぱり尾行すればよかった！　あのカフェのロケーションに、ケイトとギルバートは絶対絵になる！　躊躇した自分を呪う！」

「……いただいてしまいました……」

遠くでクライヴの『サクラ、うるせーよ』という声が聞こえた気がしたが、今のケイトにはそれに応えられるほどの気力がない。

（私はサクラ様からの助言に従いきれなかったわ。このデートでは深い話をせず、何を聞かれてもはぐらかすようにと言われていたはずなのに）

けれど『ハピエン』への道が遠ざかってしまって悲しいはずが、ずっと欲しかった言葉を自分ではない相手に吐くギルバートの姿が頭から離れないのだ。

「どうしてこんなにシナリオが『巻き』になっているの……？」

「巻き、ですか？　今日のことは、私も、何が何だか」

ケイトは答えながら、今日の会話を回想する。

ギルバートが目の前でお菓子を食べてくれて、飾らない声色でおいしいと言ってくれた。そして、結婚の申し込み……。

「……」

一方、サクラは口角を上げて頬を染め、黙ってしまったケイトを見つめる。

「……でもいい！　いいよ、ケイト！　これが乙女ゲー転生の醍醐味《だいごみ》だと思う！　私、トラックに轢かれて本当によかった！」

『トラック』がわからないケイトはとりあえず微笑んでおく。

少しの間の後、サクラがぐいと顔を近づけてくる。

「ねえ、ケイト。次のデートに私もついて行ってもいい？」

「えっ……ええ。ですが、次の約束はしていないんです。とてもお忙しい方ですし」

「ううん。すぐにフラっと来るわよ！　次はピクニックデートのはずなんだけどな！　あっ、大丈夫！　ちゃんと離れた場所から鑑賞するし、二人の邪魔はしないよ！」

（ピクニックデート）

「……楽しそうだわ」

ケイトは、ギルバートと二人で自由に出かけたことがない。いつだって、外出するときには護衛騎士が数人付いた大掛かりなものになる。

それが申し訳なくて、二人で会うのは大体が王宮の庭園かサロンだった。

ギルバートが冷たくなってからは、外でデートしてみたい、と言える気配すらなくなっていた。

（サクラ様の予言ではピクニックデートが待っているなんて、夢みたい！）

ダイニングで話し込んでいた二人のところに、クライヴが顔を出す。

「なぁ……あの花束、どうすんだ？　とりあえず半分は活けておいたけど、もううちに花瓶はないよ。しっかし、この国の贈り物のルールを知る者から見れば、送り主の独占欲がすげえな」

「クライヴさん、ありがとうございます。残りは……そうだ、サクラがお風呂に入るときにお湯に浮かべるといいですわ。とってもいい香りがするの。私、実家ではバラのお風呂に入るのが好きでしたわ」

「へー！　なにそれ貴族みたいだね⁉　いいの⁉　ケイトが入ればいいのに！」

「今日は……なんだか、胸がいっぱいなんです。ゆっくりお風呂に浸かったら、のぼせてしまいそうで」

「じゃーありがたく！」

……と、話を進めようとしたところで、クライヴが難色を示す。

「ケイ。サクラはエルネシア王国の文化を知らないんだろう。教えてやれよ」

（……あ！）

その言葉で、ケイトはバラの花束にまつわる重要なルールを思い出した。

「そうだったわ。エルネシア王国では、贈り物としてバラの花束は特別な意味を持つのです。未婚女性にプレゼントする場合、その数が多ければ多いほど親愛の情を強く示す、という」

「なにそれめちゃいいじゃん！　そんなのゲームのシナリオになかった！」

興奮した様子のサクラの背後で、クライヴは不満を隠さない。

「それだけじゃないだろう。バラ風呂に使用した場合には『自分色に染めたい』という相手からのメッセージを受け取ることになる。もちろん、男性側もそうやって使われることを願ったうえで贈ることも多いし、変な魔法を仕込んでくるやつもいる。つーか、ほぼ百パーセントそれ。モルダーさんからのプレゼントなら大丈夫だと思うけど、サクラはもっと警戒したほうがいい」

ケイトが純真無垢だと信じているギルバートは、これまで大量のバラを贈ってきたことはなかった。だから、ケイトもそのルールをすっかり忘れていたのだ。

そのことを思い出して、ケイトは複雑な感情を抱えつつもまた赤くなる。

(ギルバート殿下が情熱的なことをするなんて……。ジョシュア様の助言かしら)

うれしいと思いつつも、侯爵令嬢で聖女のケイトとしては複雑な心境を隠せない。

とりあえず諸般の事情を考慮し、たくさんのバラはクライヴの氷魔法を応用して保管し、ケイトが後日楽しむことになったのだった。

【第四章】王子様とパン屋さんで

それから少ししたある日のこと。

『ベーカリー・スクライン』に新メンバーが一人加わることになった。

「エミリーです！　よろしくお願いします！」

甘ったるい声で挨拶をしたエミリーは、売り子としてクライヴが雇い入れた少女だった。

ブロンドのふわふわの髪を高い位置で二つ結びにしているので印象は少し幼いが、年齢的にはケイトやサクラとほぼ同じなのだろう。

まん丸の目と、少し小さめの背はこれ以上なく庇護欲《ひごよく》をくすぐる。加えて、柔らかい雰囲気の声が文句なしにかわいい。

ケイトがこれまでに出会った令嬢にはいないタイプで、新鮮だった。

「ケイトと申します。よろしくお願いいたします」

「サクラです！　お仕事するのは初めて？　わからないことがあったら何でも聞いてね！」

クライヴは挨拶をするケイトとサクラを満足そうに眺めていた。

「サクラとケイのおかげでこの店も大分忙しくなっただろ？　店番がいればいいと思って人を雇うことにしたんだ。これで少しは楽になるだろう」

確かに、二人がこの店にやってきてまだ一週間ほどだけれど、来客数は目に見えて増加していた。

以前は昼過ぎにはすべてのパンが売り切れ、店じまいをしていたのだが、今は昼を過ぎてからもクライヴとサクラがパンを焼き、ケイトとエリノアで店番、というのが日常だ。

ケイトもサクラも、何の不満もなくむしろ楽しい毎日なのだが、次期経営者としてクライヴは二人の労働環境を気にしているらしかった。

その結果、アルバイトとして雇われたのがエミリー、というわけだ。

「エミリーは何歳なの⁉」

サクラがすかさず聞く。

「十六歳です！」

「！」

サクラの目の色が変わった。目を輝かせて、クライヴとエミリーを交互に見ている。

（よくわからないけど……また『隠しルートのハピエン』のことを考えているみたいね）

ケイトは納得した。

よくサクラは『ギル様のハピエン』の話をしているが、たまに『隠しルートのハピエン』の話もしてくるのだ。

その隠しルートでのメインキャラクターはクライヴで、絶対にヒロインも近くにいるはず！　と言って聞かない。

ケイトも始めは話を聞くのだが、聞いているうちにわけがわからなくなる、というのが日常だった。そして、サクラはいつもの言葉を繰り出すのだ。

「クライヴ、好きな子できた？」

「うるせーな。まだ言ってんのか」

クライヴは面倒そうにしてサクラの額にデコピンをくらわせると、奥の厨房へと入っていく。

初対面以来、サクラは暇を見つけてはクライヴに『好きな子はできたか』『気になる人はいないのか』と質問攻めにしていた。

（クライヴさんはきっとサクラ様に好意を持っているのね）

ケイトは自分のことには鈍くても、人のことなら何となくわかる。

サクラがケイトとギルバートを応援してくれているように、自分もクライヴのことを『応援』したかったが、いかんせん経験がないためわからない。

今日も、二人のやり取りを見守るばかりだ。

「それにしても、ケイさんって、すっごくお綺麗ですねえ」

「あ……あの……」

こてん、と首を傾けて話すエミリーに、ケイトは戸惑う。

「私、この町で一番の美人は自分だと思ってたんですけど……完敗です」

困惑しているケイトのことはお構いなしに、エミリーはニッコリ笑って言い放った。

それを見ていたサクラがけらけらと笑う。

「すっごい！　エミリーキャラ濃すぎ‼　でもこのタイプは乙女ゲーのヒロインじゃない！　悲しい！」


それから一週間ほど経《た》ったころ。

「こんにちは、ケイ嬢はいらっしゃいますか」

「！」

忙しい時間が終わり、バイトのエミリーも帰って行った。

一息つきかけたところで、急にふらりと現れたギルバートに、ケイトは目を瞬かせる。

「い、いらっしゃいませ、モルダー様！」

「こんなのシナリオにない」

隣から呆気にとられたサクラの呟きが聞こえたけれど、彼の来店に舞い上がってしまったケイトにそれを気遣うだけの余裕はない。

「今日は早く執務……仕事が終わりまして。明日の朝食のパンを買おうと思……」

そう言いながらギルバートは店の商品棚に目をやる。

そこにあるのはがらんとした棚。

パンどころか塵《ちり》一つない。掃除好きなクライヴの努力の賜物《たまもの》である。

つまり、見事に空っぽだった。

「ごめんなさい……最近とても繁盛していまして。お昼ぐらいに追加でパンを焼くのですが、それでもお茶の時間にはすべて売り切れてしまうのです」

「そうでしたか。クロワッサン・ダマンドは王都でも大流行《おおはや》りだと聞いています。本当によかったですね」

「はい。モルダー様が王都で広めてくださったおかげです」

「いえそんな。今日はパンを買うことは叶いませんでしたが、ケイ嬢のエプロン姿が見られただけでも幸運です。今日も、本当にお美しい」

「あの、」

（こんなに、話してくださったこと……ないわ……）

ギルバートにとって自分は『ケイ』なのだと認識しつつ、あまりの幸せに頬が緩んでしまう。

「いい……」

耳元でサクラがぽつりと呟く気配。喜びにトリップしかけていたケイトは、一気に現実へと引き戻された。

「よしっじゃあ皆でパンを焼こう！」

「「え？」」

フリーズから回復したらしいサクラの叫びに、ケイトとギルバートは顔を見合わせる。

（ギルバート殿下とこんなに近くで目が合ってしまったわ！）

そして、同時に頬を赤らめたのだった。


「待って待って待ってほんと無理、やばいやばいやばいやばもう死んだ」

「わかりますわ、サクラ様。これは『尊い』ですわ」

ベーカリー・スクラインの厨房。

その端っこで、ケイトとサクラは手を握り合っていた。

少し離れた場所にある作業台にはクライヴとギルバートが立ち、二人でパン生地を捏ねている。

売り物のパンはすべて売り切れてしまった。

それならば早々に店を閉め、夕食用のパンを焼こうということになったのだ。

「私……ギルバート殿下のあんな服装、初めて見ましたわ。クライヴと同じコック服をお召しになって……。ここはヴェルサイユ宮殿の鏡の間か何かでしょうか」

「田舎町のパン屋のしょっぱい厨房が一気にノーブルな空間に……！　ていうかケイは何でヴェル

サイユ宮殿の鏡の間なんて知ってるわけ?」

「異世界からいらした方がお書きになった小説で知りましたわ」

「あー、そーゆう」

「サクラ、しょっぱい厨房って聞こえてっぞ!」

ここそと話している二人にクライヴの不満そうな声が飛んでくる。

一方、ギルバートは真剣にパン生地を捏ねていて、ケイトとサクラの視線にはまったく気がついていない様子だった。当然である。彼にとって料理など人生で初めてのことだ。

加えて、王宮では『色恋事以外に関してはすべてにおいて優秀』と評される生来の資質に従い、本気でパンを捏ねていた。小麦一粒たりとも妥協がない。

「なかなか君の見本通りにならないな。べたべたする」

「そうですね……少し温度を下げてみましょうか」

「……ほう。こんなに器用に魔法を使えるとは」

「俺はこれぐらいしかできませんよ」

意外と仲良くパンを捏ねているクライヴとギルバートを見守りながら、サクラはさらに瞳をキラキラと輝かせる。

「ねえ。私、そっちは嗜《たしな》んでこなかったけど……今、新たな扉が開こうとしてる。人知を超えた麗しさだもん」

「二人は本当に絵になりますね」

うんうんと頷いたケイトに、サクラはぐっと顔を寄せた。

「ねえ。ケイはギル様のお顔が好きなんでしょう？」

「……は、はい」

「じゃあ、クライヴは？」

「え？」

「クライヴもギル様に引けを取らない美形っぷりだと思うの。美少年系でちょっと系統は違うけど。

……くっ。あの顔で口が悪いなんて最高すぎかよ！」

「あの顔でからその後全部聞こえてっぞ！　そんなくだらない話してんなら手伝え」

「あ、ごめん」

サクラは厨房用の帽子をサッと被り、二人の手伝いに入る。

三人が楽しそうに作業する光景を眺めつつ、いつも冷たいギルバートのことを思うと一歩も踏み出せなかった。

一人、食材庫を開けてトッピング用のドライフルーツやナッツを準備する。

サクラもクライヴもエリノアも、具入りのバゲットが大好きで、自分たちのために追加でパンを焼くときはトッピングをたっぷり練り込むのが日常だった。

（……ほんのり甘くて食感の良いパンはギルバート殿下もお好きなはず）

そこで、さっきのサクラからの問いを思い出した。

——じゃあ、クライヴは？

（クライヴさんも本当に顔がいいわ……。それにとても優しいいい子。でも、全然、ときめかない）


ケイトがギルバートを好きになったきっかけは顔だ。

たとえ冷たくされたとしても一緒にいると楽しいのも、彼が喜んでくれるとうれしいのも、彼に何かしてあげたいのも全部、顔がいいから、が入り口のはずだった。

もちろん、今は顔以外も好きなのだが、具体的にどこが好きなのかと言われると困ってしまう。

ケイトにとってはそれが引け目になっている。

もし、あのギルバートの美しい顔がゴリラになってしまったら。ケイトは、異世界から来た学者がつくった動物図鑑に載っていた『ゴリラ』のことを思い浮かべる。

毛むくじゃらで、まん丸の目に低い鼻、分厚い唇。それでも中身がギルバートだと思うと、とても愛しい生き物のような気がした。

（どうしたらいいの。顔は推せないけれど、それでも婚約解消は絶対に嫌だわ）

ぼうっと考え事をしながら、ケイトは頭上の棚に手を伸ばす。瓶に入ったドライフルーツを取るためだ。つま先立ちをしても、あと少し、届かない。

（……届かない）

「これか」

急に視界が暗くなったので、ケイトは驚いた。

けれど、さらに自分の状況を把握して腰を抜かしそうになる。

ギルバートが背後に立ち、ケイトが取ろうとしている瓶に手をかけているのだ。ケイトの背は彼に触れている。あまりのことに、心臓が止まりそうになってしまう。

「あ……ありがとうございます」

身を固くし、何とか答えるとギルバートの低い声が頭上から響いた。

「……バラの香りがします」

「バラ、でしょうか」

「……」

「……」

「「！」」

そこで二人は気がついた。一週間前の、あの大きなバラの花束のことを。

ちょうど昨夜、ケイトはクライヴの魔法でバラの花を元の状態に戻してもらい、バスタブに入れたのだ。

ギルバートから贈られたバラは当然、上質なものだった。華やかな香りは強く、ケイトは贅沢なバスタイムを過ごしたのだった……けれど。

（ギルバート殿下からいただいたバラの花を入浴に使ったなんて、絶対に言えない）

そう思って目を泳がせていると、ギルバートはいきなり核心をついてきた。

「勘違いだったら恥ずかしいところなのですが……もしかして、あの花束をお風呂に使ってくださったのですか」

「！」

勘違いなどではない。純然たる事実である。けれど、真っ赤に染まってしまったケイトは何の言葉も発せなかった。

それを肯定ととったらしいギルバートはうれしそうに微笑む。

「あのバラの花は、あなたにそうやって使っていただけたらいいな、と思って贈りました。願いが叶ってうれしい」

「……！」

これまでに見たことがない、優しい微笑みだ。自分に向けられたその眼差《まなざ》しや笑顔や甘く響く声色のすべてに、呑み込まれそうになる。

この状況にどう対応するべきなのか迷ったケイトはサクラに視線を送る。

婚約破棄をされず『ハピエン』に向かう方法を知っている彼女なら打開策をくれるはずだった。

けれど、パン生地を前にしたサクラは真剣である。こちらを見向きもせず、必死に生地を捏ねている。

（そういえば、さっきサクラ様は『こんなのシナリオにない』とおっしゃっていたわ。お告げを受けていないということよね、きっと）

それならば、自力で何とかしなくてはいけない。

代わりに、厨房の大きな窓の向こうからこちらを見つめているジョシュアが見えた。

目を見開いて、ぱくぱくと何か言っている。『やっとみつけました、なにしてるんですか、ギルバート様、しつむがまだのこっています』こんなところだろう。

「……ジョ、お付きの方があちらに」

危なかった。付き人の名前を知っていると気づかれては大変だ。ごまかしながら窓を指さすと、ギルバートは決まりが悪そうな顔をした。

「まずいですね。見つかってしまいました」

「と、おっしゃいますと……？」

「今日は彼を撒《ま》いてきたのです」

「⁉」

（ギルバート殿下が、私に会うために執務を放棄していらっしゃった……⁉）

前代未聞の出来事に、ケイトは口をぱくぱくさせるしかない。

けれど、ギルバートはくすりと余裕の笑みを見せた。これまでにケイトが知らなかった、ギルバートの新たな一面である。

「それは……あの、お付きの方がお困りになるのでは」

「いや。あなたとこうやって過ごす時間のほうがはるかに楽しくて大事だ」

「！」

（まさかこんなことをおっしゃってくださるなんて）

その日、焼き上がったパンの味をケイトはよく覚えていない。

モルダーを演じるギルバートはというと、焼きたてのパンをうれしそうに抱えて王都へと帰って行ったのだった。


その日の夜、ケイトとサクラは自室でベッドに転がっていた。

「今日は楽しすぎたね、ケイト！」

「ええ。まさか、ギルバート殿下と一緒にパンが焼けるなんて。それに、とても喜んでくださったわ。本当にうれしい」

「ふふふ」

「何ですか、サクラ様」

意味深に笑うサクラに、ケイトは頬を赤らめる。

「今日は一度も『ギルバート殿下の顔がいい』って言ってないなと思って」

「それは……！」

「やっぱり、お顔以外にも好きな理由を説明できることに気がついたんでしょう？」

「はい。……あの、少し考えてみたんです。ギルバート殿下のお顔が、ゴリラだったらって」

「待って待って待って待って？　いろいろ突っ込むところしかないんだけど？」

サクラがいつもの賑やかさで話を聞いてくれたので、ケイトの心は解れていく。

「……私は、あのギルバート殿下が好きなんです。お顔だけじゃなく、生まれてからずっと彼を作ってきたものすべてを愛しています」

「きゃー！　いい！　私もケイトとギル様が大好き！」

楽しい時間を終えた二人はそれぞれのベッドに入る。

今日は本当に楽しかった、そう思いながら眠りに落ちようとしたとき。

「でも……本当にケイトとギル様がパンを焼くイベントなんてないはずだったんだ……」

サクラのそんな呟きが聞こえた気がした。

【第五章】ピクニックデート

そこからさらに十日ほどが過ぎた。

お昼を過ぎて忙しさのピークが去り、ケイトは店頭に立ちながらもぼうっとしていた。

（ギルバート殿下はお忙しい身。でも、こんなに長く会っていないのは初めてかもしれないわ……）

ギルバートはケイトに冷たかったとはいえ、王宮の側仕えの者たちが好意を察するぐらいにはケイトの顔を見に来ていた。

ケイトは彼の癒しだった。会った後で無表情かつ言葉を発さない、というのがセットだったためにケイトの誤解を招いたわけではあるのだが。

「ケイトさん。もうパンはほとんど売れてしまいましたねえ。これ以上忙しくならなそうなら、早上がりしてもいいですかぁ？　私、この後デートなんです」

バイトのエミリーが甘ったるい声で言う。言っていることは不真面目だが、エミリーは初めてとは思えないほど呑み込みが早く、よく働く。

町の初等学校で彼女のことを知っていたらしいクライヴは『エミリーの両親に頼まれたから雇ったけど、あいつには気をつけろ』と言っていた。

しかしケイトとサクラにはその意味がわからない。

(この後パンがまた焼き上がってお客様がいらっしゃる時間になるけれど……うん、でも全然問題ないわ)

「ええ。もちろんです。クライヴには伝えておきますね」

「クライヴ」

その瞬間、エミリーの顔色がサッと変わる。

「いいです！ やっぱり時間通り働きます！ デートの約束なんてありませんでした」

「そ……そうですか。無理はしないでくださいね」

このエミリーはサクラと違う意味で様子がおかしい。

クライヴに対し、異常な執着心を見せるのだ。

厨房でサクラとクライヴが仲良くパンを捏ねるところを邪魔しては怒られ、二人が配達に出かけるのを邪魔しては怒られ、さっきも二人が作った新商品の試食を割り込んで一番に済ませ、また怒られていた。

(エミリーさんって……何だか恋愛小説に出てくる、あの……何だったかしら)

ケイトがふわふわと揺れるエミリーのツインテールを見つめながら首を傾げたとき。カラン、と鐘が鳴った。

「いらっしゃいま……モルダー様！」

「こ……こんにちは。パンはまだ買えるでしょうか」

緊張した様子で店に入ってきたのはギルバートだった。十日間ぶりの姿に、ケイトは緩んだ口元を何とか引き締める。

「実は、執……仕事が思ったより早く終わったもので。こんな時間に来て、迷惑ではなかったでしょうか」

「いいえ、まったく。お待ちしておりました、モルダー様」

「あ……はい……」

ぽーっとしてしまい、気の利いた言葉も言えない主君の背中を、ジョシュアが後ろからトン、と叩いている。

まるで、しっかりしてください、と言っているようだ。

それを眺めていれば、ケイトの隣からシュタッと身を乗り出す気配がした。

「……モルダー様？　パンをお取りしますね。どれがよろしいでしょうかぁ？」

さっきまでケイトの隣にいたはずのエミリーが、いつのまにかトレーとトングを手にしている。

ちなみに、エミリーはギルバートと初対面である。

鈍いケイトはその意図に気がつかず、ついでにケイトしか見ていないギルバートは気にも留めない。しかしジョシュアは顔を顰《しか》めた。

「結構です。……私がやります」

ジョシュアはエミリーからトレーを取り上げる。エミリーはジョシュアの顔を見て、ハッとした様子だった。

「ケイさん！　このお二人はどちらもケイさんのお知り合いなんですねぇ。お二人ともすごくかっこいい」

「え……ええ。知り合いというか……」

本来であれば、この国の第二王子であるギルバートはもちろん、侯爵家出身のジョシュアもエミリーが承諾なしに話しかけていい相手ではない。

何と答えるべきなのかわからなくて、ケイトは目を泳がせる。

「何か、声が聞こえたんだけど……！　あ！　モルダー様」

厨房から顔を覗かせたサクラに、ジョシュアはなぜか安堵したような表情を見せる。

良家育ちのお坊ちゃんお嬢ちゃんにエミリーの相手をさせるのは危険だと、彼の本能が告げているようだった。

「今日はいいお天気ですから、近くの丘にお出かけになってもいいかもしれませんね」

「イベント！　ピクニックデート！」

やっぱりサクラの声は大きかった。

簡単なランチボックスを作るので待っていてください、というサクラの言葉に従い、ギルバートは店外のベンチで待つことになった。

そこに、エミリーがアイスティーを持っていく。

厨房からそんな光景を眺めながら、ケイトはふわふわの食パンを丁寧にスライスしていた。

パンを捏ねることはできないけれど、調理ならすっかりお手の物である。

「何だか、エミリーって悪役みたいな立ち回りしてない？　まあ、ギル様ルートにはそんなの出てこないけど」

「……悪役？」

「そう！　ハピエンを邪魔する女子のこと！」

サクラは小声で言いながら、卵を四つ、ボウルに割りいれた。

そこに足していくのは、たっぷりのお砂糖と少しの塩、そしてサクラがクライヴに頼んで取り寄せた黒い液体調味料だった。

大豆からできているらしく、この前行商人にこの調味料を教えてもらったサクラは、相当にテンションが上がっていた。

卵とお砂糖をよく混ぜたら、熱したフライパンに油をひく。

そこにじゅわっと卵液を流しいれて、くるくると巻いていく。

サクラの手元からは、甘くて香ばしい香りがしてくる。

巻き終わったら、また卵がじゅわっ。そして、またサクラは器用にくるくるっと巻き上げるのを繰り返す。

「……すごいわ、綺麗。まるで魔法みたい！」

「へへ。私、お弁当は自分で作ってたんだよね」

焼き終わると、サクラはまな板の上にそっと卵焼きをのせた。

「さて、次はこっちの食パンだね‼」

サクラは腕まくりをする。

この『食パン』もまたサクラが焼いたものだった。一見、見慣れたバゲットの亜種のように見えるけれど、スライスしてみるとまったく違うことがわかる。

こんがりとしたキツネ色の皮の中に現れるのは、クリーム色のもちもちとしたふわふわの食感だ。

このパンはとても不思議で、そのまま食べるともちもちじゅわっ、焼いて食べるとサクッとした食感の後にふわふわのくちどけが楽しめる。

二度おいしくて、ケイトは一口食べただけで大好きになった。

サクラはケイトがスライスした食パンにバターを塗ってから、トマトソースとマヨネーズを混ぜたものを広げていく。その上にさっき作った厚焼き卵をのせて、もう一枚の食パンで挟んだら完成だった。

「できた！」

「こんなに分厚いサンドイッチ、見たの初めてです。すごくおいしそうな香りがしますわ」

白い食パンに挟まれた厚焼き卵の隙間からは、オーロラソースが覗いている。

バゲットにハムやチーズを挟んだサンドイッチが一般的なエルネシア王国では、見たことのない食べ物だった。

でも、このサンドイッチがおいしいことは漂う香りから間違いない。

「でしょう？　……ということで、ケイトは二回目のデートにいってらっしゃい！　急だったから、着いていけないのが悲しい！　でもいい！　ハピエンのときには一緒にいるから‼」

「ありがとうございます、サクラ様」

二人で行っちゃうんですかぁ、と悲鳴を上げるエミリーを置いて、ケイトとギルバートは近くの丘へと向かった。

◇

ケイトとギルバートが丘までピクニックに出かけたあと、ベーカリー・スクラインに残されたのはサクラとクライヴ、エミリーの三人である。

「ねえ、クライヴ。来客も落ち着いたでしょう？　いつもは皆で順番に休憩するけど、今日は私と一緒にランチを食べない？　初等学校時代の友人の面白い話があるの」

「俺はいい。サクラ、お前エミリーと休憩行ってこい」

「えっいいの？　エミリーがすごい勢いでクライヴのこと攻略しようとしてるけど、無視していいの？　こんなにかわいい子だよ⁉」

サクラが目を丸くすれば、エミリーはわかりやすく首を傾げた。

「攻略って何のことですか、サクラさん？」

「うーん。そうだねえ、エミリーはモルダー様とクライヴどっちが本命？　どっちも顔がいいから選べないよね？　私もだわ。困るよね？」

「……お前ら。どっちでもいいから早く行け！」

少しだけ頬を赤くしたクライヴの叫びに、サクラはエミリーの手を摑んで奥へと引っ込んだのだった。


昼の休憩が終わると、エミリーは帰ってしまった。

どうやらデートの約束があるというのは本当だったらしい。

午後に販売する分のパンが焼き上がり、店内にはサクラとクライヴの二人きりになる。

焼き上がったパンを並べ替えながら、クライヴは仏頂面をして言う。

「エミリーには気をつけたほうがいい」

「ん？　前もそれ言ってたね？　エミリーって、キャラは強烈だけど働き者だしいい子じゃない？」

「いや……あいつは……なんていうか、手癖が悪い」

「手癖？　お店のものを取ったりするってこと？　じゃーなんで雇ったの！」

サクラが聞き返すと、クライヴは面倒そうにため息をついた。

「いや、そういうことじゃなくて……。俺はあいつと町の初等学校で一緒だったからよく知ってるんだけどさ。小さい頃から男にちやほやされたくて仕方がないタイプ。気に入ったら、人のものでもすぐに盗《と》る」

「あ、そーゆう……エミリー、全然隠してないしもう気づいてた」

サクラは納得して続ける。

「でも、ギル様……違った、モルダー様には無意味だと思う！　だって、ケイのことがめっちゃ好きだし！　私もだけど！　ケイのことがすっごく好き！」

「……ぷっ。……だな」

サクラの発言に、クライヴは屈託のない笑顔を見せる。

「あとはクライヴだよ。クライヴは随分エミリーに冷たいけど、攻略されたくないの？」

「俺は……。いや何でもない」

「？」

いつも口が悪いクライヴが珍しく言葉を選んで言い淀《よど》んだことが、サクラは不思議だった。

◇

ミシャの町から馬車を走らせて数十分ほど。

ケイトとギルバートは、小高い丘の上に到着していた。

「すごい……！　ミシャの町が一望できるわ……！」

「そうですね。方向からいって、あの山の奥には王都があるはずです」

「！　見えるかしら」

つい楽しくて顔を寄せてしまうと、ギルバートは驚いて弾かれたように体を離す。

「あ……ごめんなさい」

(少し調子に乗ってしまったわ。どんなにサクラが『ハピエン』を予言してくれていても、本当は彼の側にいてはいけないのよね)

「いや。少し驚いただけです。……向こうの方角です。きっと、夜になれば灯りが見えるのではと」

ギルバートはそう言って、ケイトのほうに一歩近づく。

視界を遮るものは何もない、晴れた丘の上。

今のところは恋人同士でもない二人が遠くの景色を見るために身を寄せ合っているのは不思議な光景ではあったけれど、ケイトは幸せだった。

「……お弁当にしましょうか。サクラが作ってくれたんです」

ドキドキで間が持たなくなったケイトは、そっとギルバートから離れると足元のバスケットを手に取る。

中にはさっきサクラと作ったばかりのサンドイッチと飲み物が入っていた。

草の上にブランケットを敷き、二人はそこに並んで座る。

「サクラとはあの少女のことですね。……ケイ嬢は？」

「私は……パンを切って、お手伝いしただけです」

「これは珍しい。そして、とても形が綺麗ですね。王宮のシェフが作ったものよりも素晴らしい」

「きっと味もおいしいはずですわ」

ギルバートが一生懸命に褒めようとしてくれているのが伝わってくる。

彼の口から王宮、という言葉が出たことに気がついたものの、聞かなかったことにした。

「本当ですね。とてもおいしい」

「中のオムレツがふわふわだわ……！　サクラって、すごい」

サンドイッチを一口食べて感嘆の声を上げるケイトに、ギルバートは向き直る。

「あなたと食べると、さらにおいしい気がします」

「……！」

あまりに包み隠さない言葉に、ケイトはパンが喉に詰まりそうになった。

さっき店を出る前に作ったアイスティーを水筒からコップに注ぎギルバートに手渡した後、自分も飲んで一息つく。

「ギル……モルダー様」

ケイトはケイトで呼び慣れた名をうっかり口にしそうになったのを呑み込む。

二人ともすっかり舞い上がっていて完全にぐだぐだになっている気がするが、もうお互いにどうしたらいいのかわからない域まで来ていた。

ケイトに呼ばれたギルバートは眩しそうな視線を向けてくる。

「何でしょうか、ケイ嬢」

「私の初恋の話を聞いてくださいますか」

「……初恋の」

言葉を反芻したギルバートに、ケイトはドキドキしながら小さく頷いた。

今から告げるのは、ずっと話すのが怖かった話。

けれど、今なら飾らずまっすぐに素直に話せる気がしたのだ。

ギルバートからの痛いほどの視線を感じながら、ケイトは話し始める。

「私がその方にお会いしたのは五歳のときです。もう、一目ぼれでした。彼と会った瞬間に、私はこの人のお嫁さんになる！　って決めたんです。それで、お父様に頼み込んで婚約させていただきました。彼にはお兄様もいらっしゃったんですが、いろいろと事がうまく運んで、助かりました」

「そうでしたか」

「でも、彼にはほかに好きな人ができてしまったかもしれません。私には見せてくださらない表情をその人には気軽に見せるし、甘い言葉も囁くのです」

ケイトが話している『彼の好きな人』とは『ケイ』のことだ。

名前と出自と髪色を偽って、ギルバートに想われているもう一人の自分。そのことに気がついていないと思われるギルバートは険しい顔をした。

「……それは許せませんね」

「でも、許せるのです。本当なら、知ることがなかったはずの幸せですから」

「知ることがなかったはずの幸せ？」

「はい。私……その方のことを心からお慕いしているのです。大好きな人に好意を示してもらえることは何よりも幸せなのです」

ケイトは、自分がケイでありケイトだとは言わなかった。けれど、もともと頭の回転が速いギルバートの顔色がすっと変わる。

ミシャの町を見渡せる小高い丘に、春の午後の温かい風が吹く。

ブランケットにのりきらない、足首を青い草がくすぐって、土の匂いがする。

二人とも相手が誰なのか理解していることを告げてはいないけれど、むず痒《がゆ》いような、言葉にし難い空気が漂っていた。

「私の、初恋の話も聞いてくださいますか」

「……え？」

ケイトは顔を上げる。

「私にも、心からお慕いする婚約者がおります」

「!?」

その瞬間、ケイトの手から紅茶が入ったカップが滑り落ちそうになった。かろうじて握りしめたものの、ギルバートは嘘を言っているのではないだろうか。

瞳孔を全開にしたケイトのほうを見ることなく、ギルバートは話を続ける。

変装のためにすっかり短くなってしまった彼の髪からは、真っ赤な耳が見えた。

「その方は……本当に聖女と呼ぶのに相応しいお方です。いつも穏やかで純真無垢……。それに比べて、私はどうしようもない男です。プライドばかり高くて、彼女のことを好きだと伝えられなかった」

（好き？　ギルバート殿下が、私のことを好きとおっしゃった？　今）

ケイトはぽかんと口を開けた。

ギルバートはこちらをまっすぐに見つめて、告げてくる。

「まず、これは噂なのですが……先日、王宮に現れた異世界から来た少女がこの国の第二王子と結婚するというのは、間違いだそうです」

「えっ？　そんな……私は確かに聞きましたわ。異世界から聖女様がいらっしゃったと」

「確かに、聖女は王族と結婚するという慣例は失われていません。個人的にも絶対に撤回してほしくない」

「一体どういうことなのでしょうか……」

「異世界からきた少女は、聖女ではなかった。そして私……ではなくて、第二王子は、異世界から来た少女が現れた瞬間に、国王陛下のところに行き確認したようなのです。彼が結婚するのは、幼い頃からの婚約者に変わりないと」

「！　そんな!?」

(では、私はギルバート殿下から婚約破棄されなくて済むということ……!?)

一体どういうことなのか。

混乱しているケイトとギルバートの会話はめちゃくちゃだった。

それに、お互いにもうわかっている。相手に自分の正体がバレていると。

(ギルバート殿下に確認したいわ……本当にあなたがギルバート殿下で、婚約解消をしなくていいのかということも)

でも、それをしたら目の前の彼にかかっている魔法のようなものが解けてしまう気がして。

ケイトにはどうしても勇気が出なかった。

ギルバートは重ねて言いながら、ケイトの瞳を見つめてくる。

「本当に、その男は後悔しています。どうして素直になれなかったのかと。彼女がいなくなった部屋には、彼が贈ったジュエリーが大量に残されていました。あれだけ尽くしてくれたのに、それだけの傷を、私は」

(！　ギルバート殿下は、私が置いていった宝石について勘違いをしているんだわ。最終的に売ることになるのが嫌で置いていったのに。でも、口では何とでも言えるわ。信じてもらうには、私がギルバート殿下からの贈り物を大切に持っているところを見せないと)

そう思ったケイトはおずおずと話しかける。

「……あの。次はいつお会いできますか。お話ししたいことがあります」

「今ではいけませんか」

「はい。次にお会いするまでに、準備したいものがあって」

ベーカリー・スクラインの二階にある居候二人専用の部屋には、ケイトにとってとても大切なブレスレットが入った箱がある。それは以前、ギルバートから贈られたものだ。

ケイトが逃走するときに彼から贈られたジュエリーやドレスを選ばなかったのは、それらがなし崩し的に逃走資金になるのを防ぐためだった。

その中で唯一、身につけて持ってきた大切なブレスレット。

今は自分が身につけていてはいけないものだと思い、しまってある。きっとそれを見せれば、ギルバートもケイトの気持ちをわかってくれるだろう。

（私はギルバート殿下に傷つけられてなんていないもの。クールな横顔でさえ、顔が良すぎて胸が苦しかった……）

しかし、この先はどう答えたらいいのかわからない。もし『ハピエン』に繋がる可能性があるのならば、サクラと一緒のときに話すべきなのだろう。

ケイトの言い分を理解してくれたギルバートは、切羽詰まったような瞳で告げてくる。

「……わかりました。明日でもいいでしょうか。本当は……時間の余裕はあります。でも、私が待てません。……申し訳ない」

「承知いたしました。明日、きっと」

唇を噛みしめるギルバートを見て、ケイトは、話を聞かずに思い込みだけで逃げ出してしまったことを悔いていた。

自分も、彼を傷つけてしまったのだ、と。

（私は……婚約破棄から逃げたいと思うばかりで、自分から彼と話そうとしなかったわ）

あのブレスレットを見せて、一瞬たりともギルバートから心が離れたことはないと伝えたい。

――サクラの予言から言えば、次のデートが『ハピエン』のはずだった。

【第六章】ドラゴンの襲来

翌日、朝のピークが去った後の店番。

お会計用のカウンターに頬杖《ほおづえ》をつきながら、サクラがぼーっとしている。

「今日の午後にギル様が来るのかぁ。いよいよハピエン……なのかな」

『ハピエン』の話になるといつもテンションが上がるはずのサクラに元気はない。頬杖の上にのる顔は明らかに微妙そうである。

「ええ。ギル……モルダー様とお話ししていて、何となくだけれど……彼は不器用なのかもしれない、って思ったのです。だから、今度は信じられるような気がして」

「そうかー！　うーん。私、ハピエンじゃないエンディングは全部見たはずなんだよね。でもこんなのなくて……知らないキャラとイベントがあったし……。でもまあ、どうにかなるか！　そもそも私がいること自体がおかしいもんね!!　ケイト、おめでとう！」

「まだ……今日お会いしてみないとわからないですけれどね」

肩をすくめるケイトにサクラはぴったりとくっつく。

「あー！　でもそしたら、ケイトは王宮に帰っちゃうのかぁ。寂しくなるなぁ」

「ミシャの町は王都から近いですもの。……そうだわ！　このお店の手伝いもあるし、ここから王宮に通おうかしら」

「……だめよ、それは！　『バッドエンド2、遠距離恋愛の末の破局』だわ！」

随分不吉すぎる予言だ、とケイトは思ったけれど触れないでおく。

ついさっきまで元気がなかったはずのサクラだが、あっさりほかのことに興味が移ったようだ。

抱きつきながら聞いてくる。

「でも、何で昨日オッケーしなかったの？　もしかして、私の目の前でハピエンにするため⁉　ケイト優しい！　ほんともう好き！」

「それもありますが……彼は、私が逃げるときに彼から贈られた宝石をすべて置いていったことにショックを受けているようでした。彼に返事をする前に、大切に部屋にしまってあるブレスレットを見せて、誤解を解きたいと思っています。私の心が彼から離れたことは一度もないと」

「あー。何ていうか、ギルバートってほんっとうにガキだね！　設定通りだわ！」

「……でも、そんなところもかわいいと思ってしまいました……」

「ああ……！　いい！　推せる！　ケイトを！」

頬を染めたケイトとサクラの会話が途切れたところで、掃除をしていたエミリーから声がかかる。

「あのぅー！　店頭掃き終わりましたぁー」

「ありがと！　暑くなかった？　しばらく混まないだろうし、中で冷たいものでも飲んで休憩しておいでよ」

「はぁーい、そうします、サクラさん」

エミリーを見送って、ケイトとサクラは店番を続けた。

◇

（『大切に部屋にしまってあるブレスレット』って、どこにあるのかしら）

一人、ダイニングでアイスティーを飲みながらエミリーは思案していた。そして、気づかれないようにこそこそと立ち上がると、階段を覗く。

ケイとサクラの二人は店番、クライヴは配達、エリノアは仕入れに行っていて『ベーカリー・スクライン』の居住スペースはもぬけの殻だ。

エミリーはそっと二階へと上がる。

すると『ケイ』と書かれたルームプレートがかかる扉が目に入る。

「おじゃましまぁす」

エミリーは、呟きながらケイトの部屋へと足を踏み入れた。

（あの、モルダー様って人……すっごくかっこいいだけじゃなくきっと相当に地位が高い貴族の人

だわ。私がこれまでに会った男の中で一番のハイスペック！　易々《やすやす》と逃すわけにはいかないわ）

エミリーは、このミシャの町ではハンターと呼ばれている。

これまでに狙って手にできない男はいなかった。

ちなみに、この町の同世代の男で容姿が一番優れているのはクライヴであり、最近の狙いは専《もっぱ》ら彼だった。けれど、モルダーに会った瞬間クライヴの首位は陥落した。

「……あった！」

ベッドサイドのチェストを開けて、一番奥。

そこにはビロードの箱に入れられたブレスレットが大事そうに収納されていた。

（さっきの二人の話を聞くと……これがなければ時間稼ぎになるのよね。その間に、モルダー様にアプローチしちゃおう）

箱からブレスレットだけを取り出してポケットに入れる。

エミリーがしていることは、完全に犯罪だ。でも、ハンターである彼女にとっては当然のことで、ほんの軽い気持ちに過ぎなかった。

休憩を終えたエミリーは何事もなかったかのように店へと戻る。時間の辻褄《つじつま》を合わせるためにアイスティーを一気飲みしたので、お腹はたぷんたぷんだ。

「休憩させていただき、ありがとうございまぁす。冷蔵庫の中のアイスティー、いただいちゃいました！」

「おかえりー」

「エミリーさん。私、実は午後に用事がありまして。今日は最後まで働いていただけると助かるんですが、大丈夫でしょうか」

遠慮がちに申し出るケイトに、エミリーはニッコリ微笑んだ。

「はぁーい！　今日も予定通り働きます！」

◇

「こ……こんにちは」

午後、すべてのパンが売り切れたぐらいの時間にギルバートはやってきた。

「！　来た！」

サクラが言うよりも早く、エミリーが前に出る。

「こんにちはぁ、モルダー様。今ケイさんは支度中みたいなんです。またベンチに座って、アイスティーはいかがですか？　きっと、そのうちにいらっしゃいますから！」

「……そうですか」

昨夜からケイトの返事に気を揉んでいるギルバートは、エミリーには目もくれない。

代わりに目を光らせたジョシュアが間に入った。

「ありがたいですが、特別なもてなしは不要です」

「そうですかぁ。そういえば、護衛付きって。モルダー様って、随分高貴な方なんですねぇ」

エミリーの言葉にギルバートとジョシュアは無表情になり、揃って首元の布を引き上げる。

『そのうちに来る』はずのケイトは、なかなかやってこなかった。

◇

「……ないわ！」

その頃、ケイトは自室をひっくり返して真っ青になっていた。

あの大切なブレスレットがないのだ。部屋中、どこを探しても見つからない。

「どうしよう。あれがないと……私……」

じんわりと目に滲《にじ》む涙を、ケイトは慌ててごしごしと擦る。

けれど泣いている場合ではなかった。

もしかしたら、チェストの引き出しではなくてトランクケースに入れたままだったのかもしれない。昨夜も寝る前に眺めたからそんなはずはないのだが、ケイトは一縷《いちる》の望みにかけてトランクケースをひっくり返してみる。

「やっぱりないわ……」

「ケイー？　モルダー様が待ってるよー！　ていうかエミリーがめっちゃ攻めてる！　悪役系美少女の本気！　面白いから見においでよー！」

階下からはサクラのふざけた声が聞こえる。

ケイトはギルバートのことをかれこれ三十分以上も待たせてしまっていた。

これ以上待たせることはできない、そう思ったケイトは、泣きたいのを堪えて階段を下りる。重い足取りで向かった店の外に、ギルバートの姿が見えた。

「モルダー様……」

やっとのことで話しかけると、ケイトの様子に気がついたらしいギルバートがサッと顔色を変えた。

「ケイ嬢……どうかなさいましたか」

「あの……、私、あなたとは結婚できません！　ごめんなさい！　想ってもらう資格もありません！」

「一体どういうことですか。私がモルダーだからでしょうか。でしたら……」

設定を貫こうとするギルバートの言葉を、ケイトは遮った。

「いいえ！　モルダー様でもギルバート殿下でも、私はあなたをお慕いしております。心変わりをしたことなんて一度もありませんし、ずっと大好きです。でも、私はとても大切なものをなくしてしまいました。一度……あなたのもとから逃げ出したのに……あれがなくては……どうやって私の気持ちを証明したらいいでしょうか」

「落ち着いてください、ケイト」

「嫌です、落ち着けません！　だって、私は、誤解する側の気持ちをよく知っているんです。あんな思いを、ギルバート殿下にさせたくないんです。一抹の不安でさえも、残したくありません！」

「それは……本当に申し訳なかった」

「謝らないでください！　私は冷たいギルバート殿下のことも大好きでしたし、たまに、少しだけ笑顔を見せてくださるときとか……それはそれでとても幸せだったんです！　私の好きなところを否定しないでください！」

「す、すまない」

「私、失礼いたします！」

「あっ……ケイト！」

ギルバートから次に投げかけられる言葉が怖かったケイトは、ベーカリー・スクラインを飛び出した。

そして、お店の入り口に立ち尽くすギルバートの腕を摑んでいるのは、エミリーである。

「えっ？　ギルバートって、もしかしてミットフォード？　そーゆうことだったの？　私が付け入る隙、ないですよねぇ？」

ジョシュアは呆れた顔でエミリーを見下ろす。

「ちなみに、ケイ嬢とはアンダーソン侯爵家のご令嬢、ケイト様です。あなたとは格が違います」

「あー、そうですかぁ。じゃあこれ、二階の床に落ちてました」

エミリーは、カウンターにブレスレットをちゃらん、と置く。

「えっ！　これって、ケイトの大事なブレスレット!!　エミリーが盗ったの!?　リアルに手癖悪いな!!」

目を見開いて叫んだサクラに、エミリーは髪の毛を指先でくるくるともてあそんで悪びれる様子もない。

「えぇー？　二階に落ちていただけですよ？」

ギルバートは血相を変えてエミリーの手を振り払った。

「……ケイトを追いかける」

ベーカリー・スクラインを出たギルバートは違和感に襲われた。まだ夕暮れには早いのに、外が暗いのだ。見上げた空には鳥一羽すらも飛んでいない。

「これはどういうことだ」

「殿下、お下がりください！」

異変の理由に気がついたジョシュアが剣を抜き、ギルバートの前に出る。

――その視線の先には、ドラゴンがいた。

三階建ての家と同じぐらいの大きな体を、赤黒い鱗《うろこ》が覆っている。ギラギラと光っている目の色も赤色で、ひどく不気味な気配。まるで獲物を見定めているようである。

背に生えた翼を広げた瞬間に、あちこちから『ひっ』と呻《うめ》くような声が聞こえた。

このエルネシア王国に騎士団が存在するのは、国防のためだけではなく魔物などから人々を守るためでもある。

その魔物の中でも特に面倒とされているのがドラゴンだ。ケイトとサクラがこの町に来る道中で出会った商人も、ドラゴンに襲われて深い傷を負っていた。

滅多に出没することはないものの、数人の護衛程度では歯が立たないほどにドラゴンの討伐は面倒なのだ。

状況を把握したギルバートは鋭い声でジョシュアに指示を送る。

「魔法を使い、至急王都とミシャの町の騎士団にドラゴンが出たと連絡を入れろ。私はケイトを追う。このままでは彼女が危ない」

「殿下、それはできかねます。あなたを守らないといけない。この場は私の指示に従っていただきます」

「！」

至極真っ当な返答が側近から返ってきたことにギルバートが唇を噛んだとき。

「ねえ！　ケイトのブレスレット！　忘れてる！」

甲高い声を上げて、ベーカリー・スクラインからサクラが飛び出してきた。

少し離れた広場の中央にいたドラゴンはサクラの声に反応し、不快そうにこちらを見る。

「サクラ嬢、声を落とせ！　ドラゴンは女性の甲高い声に反応して攻撃的になる！」

「えっ？　もう遅いですよ？　何これドラゴン⁉　愛と冒険のファンタジー世界やば！　私また死ぬ⁉」

ギルバートの警告は遅かったようだ。一直線に自分のほうへと向かってくるドラゴンに、サクラが叫んだ瞬間。


「――おじさん、その剣貸して」


ギルバートの前に立ちはだかっていたジョシュアの横を、素早い影が一瞬で通り過ぎた。

第二王子の近衛騎士として勤めているはずのジョシュアの手からは剣が消えている。ジョシュアがこれは一体、と瞬いた直後、クライヴがサクラを突き飛ばしドラゴンの顔面に切りかかった。

「えっ嘘何これかっこよすぎるんだけど！」

危機一髪、クライヴに庇《かば》われて地面に転がったサクラの呟きは、クライヴどころか誰にも聞こえない。

一方のドラゴンは、まさかいきなり顔面を切り付けられるなんて思っていなかったらしい。地面を揺らすような低い唸《うな》り声を上げた後、口からクライヴに向けて赤い炎を放った。

その炎は隣の家の屋根を焦がし、溶かした。それだけでとてつもない威力なのだとわかる。

クライヴは地面を蹴り、それをひらりと躱《かわ》す。自分を摑もうと躍起になって爪を振り回すドラゴンを翻弄するかのように、顔の周辺をひらひらと飛び回っている。

これだけ有利に立ち回っているのに、サクラを守るための最初の一撃を除いてドラゴンを無駄に傷つけることはしていなかった。

ただ目だけを狙っていた。まるでそこが弱点だと知っているみたいに。

呆気に取られてそれを見つめるだけだったジョシュアは我に返り、ギルバートに乞う。

「ギルバート殿下、彼を援護する許可を」

「あの動きを見ろ。騎士団で訓練された騎士でも邪魔になるだけだ。それよりも、町の人々の避難を優先するんだ。私も魔法を使おう」

「しかし……」

そこでクライヴが何かを唱えた。

瞬間、強烈な冷気がミシャの町を包む。ピシピシと大きな音を立ててドラゴンが凍っていく。

広場の中央に突如現れた、ドラゴンの氷漬けモニュメント。その額にクライヴは勢いをつけて飛び上がると、目の部分に剣を突き立てた。

ピシリという音が聞こえた数秒後、ドラゴンの氷漬けモニュメントにはピシピシと音を立てて大きなヒビが入っていく。

見守っている人々の驚きとともにドラゴンは粉々に砕け、塵となって消えた。

一瞬のことだった。

「……見事だ」

ギルバートの呟きが広場に響く。

粉々に砕けたドラゴンとともに地上に降り立ったクライヴは、ただまっすぐにサクラのもとへ駆け寄って行った。

「サクラ、怪我はないか？」

「えっうん、もちろん。……って、クライヴ、その腕！」

サクラはクライヴの腕を見て真っ青になった。

彼の右腕の一部が凍って赤黒く腫れあがっているのだ。

「あのドラゴン、普通の個体とは違って強いやつだった。久しぶりに魔力を上限値まで使ったら加減を間違ったみてーだな。恥ずかしいから見んじゃねー」

クライヴはサクラに向かいそう告げると、怪我をしていないほうの手を使ってデコピンを食らわせた。

「いた……っ」

サクラがおでこを押さえたのを安心したように見届けたクライヴは、ジョシュアに剣を差し出した。

「おじさん、ごめんなさい。勝手に剣を持って行ったりして」

「……見事だった。すぐに手当てを」

「あー……おじさん、でもこの怪我はちょっと無理かも。魔力上限値越えの怪我だから……」

「――確かに、その怪我は上級ポーションでは治せませんわ」

そこへ、凜とした眼差しをたたえて現れたのは、さっき泣きながら逃げ出したはずのケイトだった。

「ケイト！　無事だったか」

安堵の表情を覗かせたギルバートに、ケイトは聖女然として微笑んだ。

「クライヴさんのことは私が手当てをいたします。すぐに店内へ」

「ケイ……？　どういうことだよ？」

腕を押さえ、困惑の表情を浮かべているクライヴに、ケイトは申し訳なさそうに笑う。

「大丈夫です。私は聖女です。ずっと黙っていてごめんなさい。……でも、クライヴさんがまた好きなだけパンが捏ねられるように、綺麗に治しますから」

「ケイが聖女、って……そっか。だよな」

エリノアによってケイトの髪色はブロンドに染められているが、初対面のときの髪色はミルクブルーだった。特別な髪色を持つことを知りつつ、何も聞かずに黙ってくれていたクライヴはすぐに納得したようだった。

空気を変えるように、サクラが割り込む。

「とにかく！　今は早くクライヴの怪我を治そう⁉　私も手伝うよ！」

「お前に聖女様の手伝いは無理だろ」

「あっ？　そんなことないからね？　今だってクライヴに肩を貸せるよ？　ほら摑まって！」

「い、いらねーよ⁉」

緊迫が解け、サクラとクライヴの間でいつもの会話が始まろうとしたそのとき、地面に黒い影が差した。

頭上を見上げると、赤黒い小さなドラゴンが飛んでいた。それを視界に入れたギルバートが声を上げる。

「まだいたのか⁉」

「クライヴ君に倒されたドラゴンの子どもでは。ギルバート殿下、ベーカリー・スクラインの中へ避難を！」

ジョシュアが言い終えないうちに、小さなドラゴンがベーカリー・スクラインに向かって急降下を始める。クライヴを狙っているのは明白だった。

小さなドラゴンと言っても、三階建てサイズの親ドラゴンの三分の一ほどの大きさはある。捨て身で体当たりをされたらひとたまりもない。

怪我をして思うように動けないクライヴはサクラとケイトが支えているが、二人に逃げるという選択肢はなかった。恐怖で体が動かないのではない。クライヴを守りたいのだ。

その前に、ギルバートが立ちはだかる。

「ギルバート殿下！」

ジョシュアの叫び声が響いた瞬間、ベーカリー・スクラインの前に眩《まばゆ》いばかりの光の盾が現れ、大きな衝撃があった。

見ると、ギルバートが片手を前に出し魔法で盾を作っている。それは大きく、辺り一体を包むほどのものだ。

勢いをつけて一気に急降下してきたドラゴンは光にぶつかり、跳ね返って倒れ暴れ回っている。

「今のうちに中へ！　この建物だけは守る。可能なら町全体に盾を広げたいが……さすがに難しいかもしれないな」

ギルバートの言葉は確かに冷静なものの、声色には焦りが滲んでいる。

そうしているうちに、姿勢を立て直したドラゴンは大きく口を開けた。天に向かってゴォーッと雄叫《おたけ》びを上げると、炎が噴き出す。ちょうど頭上にあった大木が燃えて炭になった。

その炭が風に乗って飛んでくるのを見ながら、サクラは顔を引き攣《つ》らせている。

「うわぁ……子ドラゴン怖すぎない!?　今の体当たりもやばかったよね!?　ギル様の魔法で防ぎ切れる？」

「大丈夫だ。さすがにさっきクライヴが倒したような成体のドラゴンを倒すのは無理だが、幼体なら私でも諦めさせて追い払うことはできる」

「あ、そーいえば、ギル様には騎士団の訓練に参加してるって設定あったね！　全然戦い慣れてないわけじゃないんだ？　ていうかジョシュア様は何やってんの？　ギル様のピンチだよ？　手伝って！」

「ジョシュアはああ見えて剣術と体術が得意なタイプだ。魔法で盾を作るのには向いてない」

「ええ〜そんな！」

サクラとギルバートは普通に会話をしているが、ケイトはそれを聞きながらただ震えることしかできない。

ギルバートはいち早くそれに気がついたらしかった。片手で盾を維持しつつ、ケイトを落ち着かせるように肩を抱く。

「ケイト、大丈夫だ。この建物は私が絶対に守るから、とにかく中へ」

「は……はい」

ケイトが震える足に力を込め何とか歩き出そうとしたところで、クライヴがギルバートに話しかける。

「ギルバート殿下。あのドラゴン、次はここに向けて炎を噴き出すはずです。炎を防ぐために魔法を使わせた後、わずかな隙をついてもう一度体当たりする気だ。ドラゴンは馬鹿じゃない。頭を使って攻撃してくる」

「……なるほど」

「俺も手伝えたらいいんですが……魔力がもう」

ボロボロの体で唇を噛んだクライヴに、ギルバートはふっと笑った。

「幼体なら、炎を噴けるのはせいぜいあと一回だろう。その後の体当たりさえ防いでしまえば大丈夫だ。町全体を光の盾で包み守るよりずっと簡単なことだ」

ギルバートが言い終えた瞬間、ドラゴンはまっすぐにこちらを見た。そしてがばりと口を開ける。

「来た！　皆、私の後ろへ」

同時にドラゴンの口から発せられた炎が向かってくる。それはギルバートの盾で遮られベーカリー・スクラインを避けていく。光の盾の中は熱さを感じないが、ほっと一息ついたのも束《つか》の間《ま》、大慌てのサクラの声が響いた。

「ねえ、ドラゴンいないよ⁉」

「――上だ」

ギルバートの落ち着いた声に反応して皆が頭上に視線を送れば、二度目の体当たりのために急降下するドラゴンがいた。

そこに向けて、ギルバートはもう一つの手も前に出す。すると光の盾は解けてみるみるうちに虹色に変わり、厚みを増した。

捨て身で落ちてきたドラゴンはバリバリバリバリという衝撃音とともに跳ね返され、地面に数度跳ねた。どうやら気絶したようである。

一同が呆気に取られる中、ケイトの震える声が響く。

「……ギルバート殿下……」

「ケイト、怪我はないか」

「はい……ギルバート殿下こそお怪我は……。守ってくださり、ありがとうございます」

ケイトを守るように立ちはだかっていたギルバートは、魔法の盾を収めた。

「ギル様の魔法、っていうか戦うとこ初めて見た！　かっこよすぎない？」というサクラの声が遠慮がちに聞こえてくるが、自分を守ろうとするギルバートの背中を初めて見たケイトは目を瞬くばかりである。

主君がドラゴンの体当たりを跳ね返すところを目の当たりにしたジョシュアはぽつりと呟いた。

「そういえば……殿下も神からの特別な加護を受け愛される人間でしたね。ケイト様とご一緒だといつもポンコツになられるので忘れていました」

「ああ。この黒い髪は伊達《だて》じゃない」

ギルバートは呆気に取られている側近に向け、顔を引き攣らせる。

それを見ていたサクラは、テンション高く笑った。

「ジョシュアさんって本当に大事なとこで抜けてるんだね。エルきせって何気にキャラ被りも多くない？　まぁ、私は好きな子の前でポンコツになるヒーロー大好きだけど！　あーよかった！　ギル様かっこよすぎか！　とにかく中に入ろ！　クライヴの手当てしよ！」


ケイトが自ら聖女だと名乗り出てクライヴの怪我を治した、その次の日。

ケイトとギルバートは、初めてのデートで訪れたカフェに面した湖のほとりにいた。

湖のほとりの柵に手をかけて二人が立ち、少し離れた場所で皆が見守っている格好だ。

わけがわからなかったが、ケイトはサクラの頼みとあって了承した。

(これも、『ハピエン』のためなら)

ちなみに、その集団の中からはサクラの嘆声が聞こえてくる。

「……何ここ……！　指定したのは私だけど、本当に最高すぎるロケーション……！」

一方、ギルバートはジョシュアから渡されたブレスレットを握りしめ、じっと見つめていた。

昨日はドラゴン騒ぎでうやむやになっていたけれど、このブレスレットはギルバートにとっても思い出深いものだった。

彼は、このブレスレットを選んだ日のことを鮮明に覚えている。

「何だかおかしなことになってしまい……申し訳ございません」

「……まだ、ケイ嬢、とお呼びしたほうがいいでしょうか」

「いいえ。ぜひ、いつものようにケイト、と」

二人の戦いは昨日で決着がついていた。

絶対に婚約破棄をされたくなくて王宮を逃げ出したケイトと、婚約者のことが好きすぎて神聖化し絶対に婚約破棄されたくないギルバート。

二人が考えているのはほぼ同じことだったと理解し合ったのだ。

「ケイトが……王宮を出るにあたって一つだけ選んでくれたのが、このブレスレットで本当にうれしい」

「これは、十三歳のときにギルバート殿下からいただいたものです。それまでの贈りものと少し雰囲気が違ってかわいらしくて。特別でした」

頬を赤らめるケイトに、ギルバートも微笑む。

「ああ。これは、私にとっても思い出深い。贈り物はいつも母である王妃陛下が選んでいたのだが、ある日ふと思ったのだ。ケイトに似合うものを自分で選びたい、と」

このブレスレットを贈った日のことを、ギルバートはよく覚えていた。

十五歳のある日、ギルバートはわざわざ宝石店へ足を運び、このブレスレットをつくらせた。

王宮に職人を呼ばなかったのは、数多くの石やデザインを見たうえで、ケイトにもっともよく似合うものを贈りたかったからである。

既にしっかり拗らせていた彼は、このプレゼントを贈りつけるだけで自分の気持ちが全部伝わると勘違いしていた。

そうして選んだブレスレットはケイトによく似合い、彼女はとてもうれしそうにした。

だから、ギルバートはケイトから手紙をもらうたび、返事の代わりに高価な贈り物ばかりするようになったのだ。

「やっぱり、これはギルバート殿下が私のために選んでくださったものだったのですね。とてもうれしいのですが……でも、もっと早く知りたかったと思ってしまいます。このブレスレットに込められた気持ちだけではなく、もっとたくさんのことを」

「私はその……。ケイトのことを心から愛しているのだと知られたら、あなたが逃げ出してしまうんじゃないかと心配していた。そこに、自分の想いを恥ずかしくて伝えられない弱さも加わって……不安な思いをさせた。本当に、申し訳ない」

「……私にも、謝罪をさせてください」

「一体何の謝罪を」

これまでの自分の言動を深く反省しているギルバートは、ケイトからの申し出に目を丸くした。

「私はずっと、ギルバート殿下のお顔がとても好きでした……！」

「ケイト待ってそれ言っちゃダメなやつ！　ハピエンに必要ないやつ！」

サクラのつっこみが聞こえるけれど、ケイトは驚きで見開かれたギルバートの碧い目に向かって語りかける。

（きっと、こんなに想いを伝えられるチャンスはそうないわ。そして、きちんと伝えておかないと絶対にまたすれ違う）

「どんなに冷たくされても、ギルバート殿下のお顔を見られるだけで眼福でご褒美でした。でも、ギルバート殿下のことが大好きなのに、好きになったきっかけがお顔だったので申し訳なくて。ですが、王宮を出てはっきりわかったのです。私があなたをお慕いしていたのは、それだけではないと」

「ケイト……私のほうこそ、本当に申し訳なかった。これまでのことを反省して、ケイトと結婚したら……おはようと、おやすみのキスは絶対にする」

唐突に告げられた言葉に、ケイトは頬を染めて顔を上げた。

（え）

「……キ、キス？　キスって、あのキスですか？　本当にしてくださいますか」

「ああ。ああ見えても、国王陛下と王妃殿下は今も欠かさずにしている」

「えっ……それは意外です！　でもあの国王陛下が愛妻家でいらっしゃること……とても素晴らしいですわ」

「それから……私がケイトのことをお茶に誘っていたのは、あなたの顔を見て癒されたかったからだ。それだけは、わかってほしい」

「そういえば、どんなにお忙しそうでも毎日必ずお茶には誘ってくださっていたような……。でもそんなの、おっしゃってくださらないとわかりません……」

「すまなかった。次からは、どんな想いも必ず言葉にする。会いたかった、君の顔を見ると元気が出る、と伝える」

「何なんですかその幸せな甘い言葉……！」

「それと、ケイトがお菓子を作ってくれたら、大切に少しずつ食べたいのが本音だ。その場で食べなくても許してほしい」

「それなら、もっとたくさん作ります。私は、あなたがおいしそうに食べる姿が見たいのです」

「そのお菓子までも、大切にとっておきたくなると言ったら君はどうするのか」

「では……もっともっと、たくさん」

「……そうか」

ギルバートの口元が緩んで、ケイトの涙腺《るいせん》は緩んだ。頬を涙が伝う。

この場所で初めてのデートをしたときとは違う、温かい涙が。

「それと……これからも、モルダー様とお呼びしてもいいでしょうか」

「それはとてもうれしいな。……だが、二人だけのときにしてもらえるか。執務に身が入らなくなる」

「わかりました、二人だけのときに。それから、私が一方的にお話するだけではなく、ギルバート殿下も私にいろいろなお話をしてくださいますか。一日に起きた、たくさんのことを」

「もちろんだ。だが、私はケイトのことを心から愛している。一日の終わり、話を聞かずにあなたを抱きしめることがあっても、許してくれるか」

「ギルバート殿下……」

ケイトはついに言葉に詰まった。もう何も不安はない。

ギルバートはケイトを抱きしめて告げてくる。

「……私と、結婚してくれるか」

「……は、」

「うわぁぁぁあああ！」

「「「!?!?!?」」」

突然、感極まったサクラの悲鳴が響き渡る。

護衛騎士たちも、無関係なはずの通りすがりの観衆も、手のかかる二人にため息をついていたジョシュアでさえも。

彼らを取り囲むすべての人の涙腺が緩み始めたとき、一番に号泣をはじめたのはサクラだった。

「いい……！　何これ……静かにしていようと思っていたのに……何でか泣けてくるう……う、う、ご、ごめん、続けて？　本当に、ごめん……感動しちゃって……邪魔者は消えるから！　音が入らないところに！」

「サクラお前自重しろよまじで！」

呆れ顔のクライヴがサクラの手を引いて退場するのを、ケイトは慌てて止めた。

「サクラ様……ありがとうございます。あなたがいてくれたから、私、素直になれて、勇気が出ました」

ケイトはこれまで、ギルバートの態度に寂しさを感じたことはあったものの、不満を覚えたことなど一度もなかった。

つまり、サクラが現れて『ハピエン』のことを言い出さなければ彼の想いに気づけなかったのだ。

「ケイト……！　ヒーローに渡すのが惜しい‼　……うう……目を覚ましたギル様ならきっと大丈夫だと思うけど！　えぐっ……うっ……あの、二人でもう一回あの場所で抱き合ってもらってもいいかなぁ……」

号泣したまま、サクラは少し離れた湖のほとりの柵を指さす。

そこは、さっきまでケイトとギルバートが語らっていた場所よりも景色がさらに綺麗で『ハピエン』に絶好のロケーションだった。

二人は顔を見合わせて微笑んでから、サクラの指示通りの場所に行き抱き合った。ギルバートの腕の中で、ケイトは幸せそうに笑っていた。

「はー。」

やれやれ、と頭を掻くジョシュアの耳には、涙声まじりのかわいらしい鼻歌が聞こえる。サクラの声だった。

「……サクラ嬢はこの国の国歌を歌えるのですか?」

「いいえ、このゲームのエンディング曲です」

「……は、はぁ?」

なぜこのタイミングで異世界から来たこの少女は国歌を歌うのか、と剣呑《けんのん》な視線を送りつつ、それは意外とこの幸せな空間にぴったりで。

ジョシュアは、不覚にもうるっときたのだった。

こうして、異世界から来た少女がきっかけで発生した勘違い聖女と拗らせ王子様による逃走劇は、めでたし、めでたし、で幕を下ろした。

……のかもしれない。

【エピローグ】

それから、二週間後。

『ベーカリー・スクライン』の店先で、サクラは頬杖をつきながら一通の手紙を眺めていた。

それは、王都に戻ったケイトからの手紙である。

「ギル様との結婚式は一年半後かぁ。それにしても！　ケイト、王都に戻ってからも遊びに来てくれるって言ってたのに……全然来てくれないいいいいい」

いつものテンションで叫んだサクラは、カウンターに突っ伏した。

「ケイってものすごいお嬢様なんだろう？　勝手に逃走したりして、しばらくは説教地獄だろ。それより、そんなに人相悪いヤツが店に立ってたら客が逃げる。ちゃんと接客できないなら部屋にいろよな」

憎まれ口にしか聞こえないそれは、クライヴなりの気遣いである。

恋愛面でも本当の意味でも手癖が悪すぎたエミリーは、あの日そのままクビになってしまった。

エミリーの両親が娘の犯罪に青くなり領主様のところに連れて行ったらしいが、その後の消息は定かではない。

今、この店にはサクラとクライヴ、エリノアの三人だけ。

昼のピークを終えて、エリノアは休憩中。パンもすべて焼き上がっていて、のんびりとした時間が流れている。

端的に言うと暇だった。

ぼーっとしたままのサクラは、窓際でパンを並べるクライヴのことを見る。ガラス越しに差し込む陽《ひ》の光に髪の赤が透けて、綺麗だった。

「ねえ」

「あ？」

「クライヴのその髪の色、最近赤が濃くなってきてない？」

「あー……そろそろ染め直しの時期か」

「はい？」

「染め直し」

「……クライヴの、その赤みがかったブロンドって地毛じゃないの？」

「ああ。地毛は、もっと真っ赤」

「……！」

サクラは息を呑む。この世界に来て一か月と少し。ブロンドではない髪色の者はそのほとんどが変わった背景を持っているということを理解しつつあった。

(やっぱり、クライヴって隠しキャラ……！)

「俺、エリノアばあちゃんとは血が繋がってないからな」

「……そうなの？」

重ねて告げられた思わぬ爆弾発言に、サクラは目を丸くする
「そーだよ。俺は戦いに特化した名のある魔導士の末裔《まつえい》。いろいろあって困ってたところをばあちゃんに拾ってもらった」

「……だからドラゴンをあんな簡単に倒せたの？　だって、騎士団からスカウト来てたよね？　数十人分の働きができる、って。ていうかこれほとんどチートだわ！」

「チート……？　相変わらずわけわかんねーな、サクラは。生まれてからばあちゃんに拾ってもらうまで、俺は戦いの訓練漬けだったんだよ。今だって、この前みたいなことがあったときにばあちゃんを守るためそれなりに動けるようにしてるだけだよ。サクラは俺に助けられて本当にラッキーだったな？」

「……！　決定！　もう絶対に、クライヴは隠しキャラ！　すごい、ギル様とのハピエンの後に明かされるなんて、本当にゲームの世界っぽい！　でも、ヒロイン!!　エミリーは全然違ったし！スペシャルストーリーのヒロイン、どこ！」

「……サクラさぁ」

クライヴは息を吐く。

「はい？」

「いつも、そんな話ばっかりしてるけど、お前はどうなわけ」

「はい？」

「……だから、お前は、国に恋人とか気になるやつとかいないわけ」

「わ……私？」

「そう。お前」

この問いは、いつもと逆だ。サクラがクライヴの想い人を探るのがいつものパターン。

もちろん、それは隠しルートのヒロインに目星をつけるためのものだ。

でも、現時点で彼にそんな素振りはなかった。

一体いつシナリオがスタートするのか、もしかしたら五年後とか十年後の大人になった後なのかもしれない。

クライヴは絶対にいい男になっているだろうけど、そんなの待てない！　とサクラはやきもきしているところでもあった。

……が、ここにきて、クライヴからのこの質問。その意図するところは。

サクラは、不思議すぎる彼の話題選びに首を傾げる。

そして、クライヴの顔をまじまじと見つめてみた。

「なんか……顔が……赤い気がする」

「うるせーな」

「あ、ごめん、声に出てた」

——あれ。

些細《ささい》な違和感に、とくん、とサクラの心臓は軽く跳ねる。

異常に巻きになっていたシナリオ、ハピエン以外はすべて見たはずなのに知らないエピソード、驚くほど立ち回りが下手なライバルキャラの出現。


——これは、本当にケイト×ギルバートのシナリオだったのだろうか。


突っ伏していたカウンターから顔を上げ、改めてサクラはクライヴに向かってお辞儀をした。

「ドラゴンから助けてくれて、ありがとう」

「ん」

「あのときのクライヴは、かっこよかった」

「……ん」

「やばいすごいファンタジー！　って感動したんだけど、結局怖くて一歩も動けなかったんだよね」

「だろうな」

空になったパンの飾り棚を拭きあげていたクライヴは、サクラのほうを見ない。耳まで真っ赤にして、不自然なほどひたすら同じ場所だけをぴかぴかに磨き上げている。

「……ケイがいなくなっても、サクラはしばらくここにいるんだよな」

「うん、もちろん。パンが好きだし、エリノアも、クライヴも。とっても居心地がいいよ」

「……そっか」

ぶっきらぼうながらもうれしそうに答えるクライヴを見て、サクラは胸の奥にむず痒さを感じていた。

喜びや興奮とはまた違った高揚感。でも、まだ少しだけ知られたくない。この正体は何なのか。

ケイトとギルバートは、確かに小さな頃から想い合っていた。二人とも変な拗らせ方をしていたけれど、無事にハッピーエンドを迎えた。

でも、恋は恐ろしいことにそれだけではない。些細なことをきっかけに、ゆっくりと育っていくことだってある。

そう、今この『ベーカリー・スクライン』に芽生えたくすぐったい気持ちのように。

長めのプロローグを終えて、今やっと始まる隠しキャラと異世界から来た力が強くて声が大きい少女のスペシャルストーリー。

きっと、それはまた別のお話。

異世界から来た聖女と隠しキャラのその後の話

【プロローグ】

大学の帰り、道路に飛び出した子どもを助けようと思ったらトラックに轢かれた。

私のそのときの服装は、オーバーサイズのグレーのパーカーにピンクのミニスカート。足元は黒いスニーカー、黒いリュックを背負って片手にはスーパーの袋、もう片方の手にはアイスクリーム。

スーパーの袋にはアーモンドパウダーが入ってた。

お店で使っている分が切れちゃって、納品も明後日《あさって》までこないから、寄り道をした帰りのことで。

フードコートで買ったアイスを食べながら、家に帰ったら明日の仕込みを手伝お～って思っていたら、私の目の前で三歳ぐらいの男の子が道路に飛び出した。

お姉ちゃんの子ども――甥《おい》っ子がそれぐらいの年齢なんだよね。

危ない、そう思った瞬間にはもう体が動いてた。

最後に見たのは、目前に迫ってくるトラック。思い浮かぶのは子どもの頃の風景、友達、お父さんにお母さんにお姉ちゃん……ああ、攻略途中だった乙女ゲーム、メインヒーロー・ギル様のシナリオまだクリアしてなかったな……って何これ走馬灯!?

もしかしてやばすぎるやつなのでは!?

そう思いながら必死で男の子の腕を掴み歩道に突き飛ばしたところで、私の記憶は途切れた。


——たぶん、私はそこで死んだんだと思う。


目を覚ますと、何だか不思議な部屋にいた。

「何ここ。見覚えがあるような、ないような?」

発した自分の言葉が響く響く!

とにかく明るくて眩しくて、高い天井と不思議な模様の柱が目についた。教会、というかファンタジー世界の神殿みたいな場所って言ったらいいのかな。

上を見上げれば、天井はステンドグラスでできていた。そこから太陽の光が差し込んで、部屋中を明るく照らしている。わ~とっても綺麗!

ここは、そうだ……。

「私ここ知ってる」

呟いた私の後ろで、バサバサッと音がした。

「？」

振り向くと、イケメンが床に書類をぶちまけたところだった。

金髪をひとつに結び、眼鏡をかけた彼は、ぽかんとした表情で私を見つめている。まるでゲームや漫画の世界で見るような、貴族みたいなコスプレをしてる……？

あれ⁉　この人は――

「ジョシュア様⁉」

「どうして私の名を」

目を極限まで見開いたイケメンに、私はものすごく見覚えがあった。

私がトラックに轢かれる直前に思い出した『エルきせ』こと『エルネシア王国の軌跡』。その攻略対象の一人、ジョシュア様！

乙女ゲームの登場人物だ。

冷たい瞳の策略家タイプに見えるけれど、実際はポンコツ。顔の良さで攻略対象に選んだプレイヤーたちに『詐欺』『この見た目で中身ポンコツってシナリオライターはギャップが何たるかをわかってない』と言わしめたキャラクター。私は好きだけどね！

そうだ、昨日も夜遅くまで『エルきせ』をしていた私はこの部屋を覚えている。聖女であるヒロイン・ケイトがお祈りをしてセーブをするための部屋、って……。

待って？　何で何で何で？　どうしてこうなった⁉

もしかして、私——死んで異世界転生しちゃったの⁉

何となく状況を把握して慌て出した私に、書類をぶちまけたばかりのジョシュア様は恐る恐る聞いてくる。

「あなたは聖女様でしょうか？」

「はい？」

「！　何ということだ！」

聞き返した私の言葉を、ジョシュア様は肯定と受け取ってしまったみたい。床に散らばった書類を拾い集めることすらせずに、バタバタと走って部屋を出ていってしまった。

あの、ちょっと待って？　ゲームの評判通り、早とちりでおっちょこちょいでポンコツすぎない？

私はとりあえず、落ちている書類を集めてみたのだった。


その後は、結構いろんなことがあった。

私はやっぱり『エルきせ』の世界に転生していたみたい。自分が死んでしまったことに十秒ぐらいは凹《へこ》んだけれど、それにまつわるいろいろな感情は封印することにした。

だって、起きてしまったことはもう仕方がないし、それよりもこの世界を楽しまなきゃもったいないない！

ということで、私は死ぬ直前、走馬灯で思い出すほど好きだった『ギル様ルート』を攻略することに決めた。

それは、王道のメインヒーローと、聖女ヒロインのすれ違いシナリオ。ずっとハッピーエンドが見たくて何回もプレイしていたのに、難しすぎて一度もクリアできたことがないのだ。

ほんとにいろんなことがあったけど、ヒロインの『ケイト』と無事に出会った私は、ケイトを助けて無事にギル様ルートの攻略に成功！

ケイトは超絶美人でかわいくて性格もよくてまさに聖女だったし、ギル様が不器用なりにケイトに近づいていったとこはほんと泣けた。私、エンディングなんて号泣だったよ！

念願のハッピーエンドに立ち会えて、もう言うことなし！　って思ったんだけど……。

ケイトが王都に戻ってしまい、お世話になっているベーカリー・スクラインで店番をしていたら、唐突に現れたのだ。

赤みを帯びたブロンドに琥珀色の瞳。かわいい系イケメンのくせに、口がものすごく悪い。でも年下の男の子、って感じの将来有望な攻略対象が。

「……だから、お前は、国に恋人とか気になるやつとかいないわけ」

「え？」

——隠しキャラの、超絶レアなヒーロー、何とそれがクライヴだった。

【第一章】 乙女ゲーム『エルきせ』の世界でパンを焼く私

朝四時。顔を洗ってコック服に着替え、気合を入れてベーカリー・スクラインの厨房に足を踏み入れた私を待っていたのは、いつもの光景だった。

「……クライヴ！　もう、早起きしすぎだよ⁉　私もいるんだからたまにはゆっくりしててって言ってるのに！」

しっかり早起きしたはずなのに、またクライヴに先を越されちゃった。

厨房の中では粉類の計量が終わり、一部のパン生地は捏ねられて発酵中、オーブンは予熱中だ。

完璧に準備が終わってる！　さすが！

私の実家はパン屋さんだった。

だから、小さい頃から手伝いをしていたし、大きくなったら私もパン屋さんになるんだって思ってた。まぁ、その前に死んで異世界のパン屋で働くことになるなんて思わなかったけどね。

だから、パン屋の仕事に関してはかなりのスキルと知識を持っているつもりだった。

……なのに、クライヴはすごい。ほぼ一人でベーカリー・スクラインを切り盛りしているのだ。

一人で一通りの仕込みを終えてしまったクライヴは、涼しい顔をしている。

「サクラこそ寝てろよ。お前にしかできない、クロワッサンや菓子パン系を焼く時間になったら起きてくればいいだろ。毎日そんなに早起きしてたら体がもたないぞ」

「クライヴこそ！　昨日、遅くに三丁目のレストランから急ぎの注文が入ってそのまま配達行ってきたの知ってるよ？　ちゃんと寝たの？」

「寝たよ」

顔色をチェックしようと思ってクライヴの前髪を手で上げれば、あっさり手を振り払われた。悲しい。

まぁいっか。今日はいつもと違うパンを作ろうと思ってたし！

パンを焼く準備は全部クライヴにお任せすることになっちゃったけど、日本で人気のパンを焼いてベーカリースクラインの宣伝をするのが私のお仕事！

気持ちを切り替えて、今日のパンの準備に取り掛かる。

取り分けておいたクロワッサン用の生地を四角く切っていく。焼き上がったとき見栄えがいいように、正方形にきっちりと。

全部切り終わったら、型にはめて発酵させる。その後、溶き卵を塗って焼き上げるのだ。

「……また珍しいもん作ってんな？　その真ん中には何か入れんのか？」

「そう！　ここにカスタードクリームとフルーツを入れるの。日本では女の子や子どもに人気の甘いデニッシュなんだ」

「デニッシュっつーと、クロワッサンみたいなサクサクの食感か。確かに見た目も綺麗だし、人気になりそうだな」

「でしょ⁉　食事のときだけじゃなくて、おやつやお茶の時間にもぴったりなんだよね。人気が出たら、午後も忙しくなると思うなぁ」

そんなことを話しながら、クライヴと二人でオーブンの中を覗き込む。こんがりいい色に焼けた生地がとってもおいしそう！

生地が焼けたら、型から外して冷ます。その間に、カスタードクリームを作っていく。

これは、王都に戻ったケイトに教わったレシピ！　ケイトはなかなか遊びに来る時間はないみたいだけれど、お手紙でやりとりしてるんだ。

スマホもＤＭもない世界だけど、手紙を魔法でやり取りできるなんてやっぱり愛と冒険のファンタジーだと思う！　素敵！

「カスタードクリームか。うちの客層的にどうなわけ」

「大丈夫！　うちはケーキ屋さんじゃなくてパン屋さんでしょ？　ちょっと甘さ控えめにして、皆が食べやすい味にするから」

「へー」

クライヴは意外そうな顔で見てくる。琥珀色の目が輝いていて、悔しいけど顔がいい。普段は憎まれ口ばっかりの弟キャラだけど、こういうところを見ているとやっぱり隠しキャラなんだなぁって思う。

「お前、聞こえてっぞ」

「ひえ」

考えたことが口に出てた！

顔がいいって褒めたから怒られるところじゃないと思うんだけど……まぁいっか！

細かいことは気にせずに、私は卵黄とお砂糖をボウルに入れてホイッパーですり混ぜていく。なめらかになるまでよーく、しっかり。混ざったら小麦粉を振り入れて軽く混ぜる。

「クライヴ、牛乳を温めてくれる？」

「おー」

気だるそうに答えたクライヴの手元にボッと炎が現れた。それを使って、お鍋に入った牛乳を温めていく。

もちろん、この厨房にはきちんとコンロもある。けど、クライヴの魔法を使ったほうが温度調節が楽だし、失敗しないんだって。

この家にあるお鍋のほとんどは、底が平らではなく丸い形をしている。クライヴが使いやすいような形にってことなのかな。初めは驚いたけれど、そういうことだったんだね。納得！

そんなことを考えているうちに、牛乳が温まった。それを卵黄とお砂糖が混ざったボウルにゆっくり注ぐ。

その後、お鍋に移してなめらかなクリームになるまで丁寧に混ぜる。

『エルきせ』のギル様ルートのシナリオでは、ケイトはこのカスタードクリームでシュークリームを作っていたっけ。私も食べてみたいなぁ。ケイトのシュークリーム……！

「うーん、お腹が空《す》いてきた！」

そう口にしてみると、クライヴがスプーンを持ってきてくれた。

「ほら。どうせ味見すんだろ？」

「うん！　ありがと！」

早速、スプーンでできたてのカスタードクリームをすくって食べてみる。

まだしっかり冷め切っていないクリームはとろりとしていて、舌触りがなめらか。ミルクの風味と優しい卵の甘みが口いっぱいに広がっていく。うわぁ、おいしい！

「クライヴ！　このカスタードクリームおいしい！　ケイトの優しい味！　作ったの私だけど、レシピはケイトのだから問題ない！　甘さ控えめでクリーミーでおいしい！　卵の味がする！　それでいて鼻に抜けていくミルクの香り！　絶対クライヴも好きだよ、ほら！」

興奮してスプーンを差し出した私に、クライヴは一歩下がった。

「!?　なっ」

「ほらおいしいよ、口開けて」

「…………」

ボウルからカスタードクリームをすくって差し出せば、クライヴはさらにもう一歩下がる。

そうして、困ったように私とスプーンを目だけで交互に見ている。

何で食べないの。おいしいのに！

「ほら、あーん」

そういえば、実家で犬飼ってたな。名前はメル。異世界転生してもう会えなくなっちゃったけど、元気かな。メルが子犬の頃はこうやってスプーンで餌をあげたこともあったっけ。

赤毛の柴犬《しばいぬ》だったから、クライヴとなんか似てるかも。うーん、懐かしいな……。

そんなことを考えていると、スプーンを持っている手をいきなり掴まれた。

脳内のメルから目の前のクライヴに意識を戻すと、琥珀色の瞳が現れた。クライヴの三白眼ぎみの垂れ目は、喋らなければ人たらしみたいに見える。喋らなければだけどね！

ぱくり。

クライヴは私の手ごと掴んで、スプーンにのったカスタードクリームを食べた。

「どう？　おいしいでしょ？」

問いかければ、クライヴの顔は真っ赤に染まった。さっきまで憎まれ口を叩いていたのが嘘みたいにかわいい。

「……ああ。うまいな。いいんじゃねえの？」

「ねえ、今の自分でやっといて照れないでくれる⁉」

「はぁ⁉　元はと言えばお前が」

「あはは、ごめんごめん」

けらけらと笑う私に、クライヴは不満そうな視線を送ると背中を向けた。そうしてオーブンに向かう。中からは焼きたてのバゲットが出てきた。

これはうちの看板メニュー！　もちろん、私が作る日本のパンもめちゃくちゃ人気があるけど、町の皆が毎日必ず食べたくなるのはこのバゲットのほうなんだよね。

私もクライヴが焼くバゲットは大好き。

噛んだ瞬間に、小麦の香りが口いっぱいに広がるあの感じ。あれは、本当にクライヴが焼くバゲットならではだと思うんだ。

厨房だけでなく、お店いっぱいに焼きたてのバゲットの匂いが広がっていく。香ばしくて何とも言えない、小麦の香り！

ああ、なんて幸せなんだろう。私、この瞬間が一日の中で一番好きかもしれない！

大好きな香りに包まれながら、私はこんがりと焼けたデニッシュ生地にカスタードクリームを詰め、スライスしたイチゴをのせる。仕上げにミントの葉を散らせば、イチゴデニッシュの完成！

うーん、バターとイチゴのいい香り！

こんなにおいしそうで幸せいっぱいの匂いって、この世界にあまりないと思うんだ。やっぱり私にパン屋さんは天職だと思う！　異世界にもあってほんとよかった！

「……で。今日の営業は昼前までだろう？　今日もあの練習するなら、付き合ってやるよ」

「わー！　助かる！　ありがと！」

クライヴの申し出に思いっきり大声でお礼を言うと、クライヴは恥ずかしそうに鼻の頭を擦った。

「これぐらい、なんてことねーよ」

「あ、かわいい」

「うるせーな。聞こえてっぞ」

「えへへ」

こんな感じで、クライヴに憎まれ口を叩かれながら私が特訓しているのは。

――乗馬だ。


ランチの時間帯の営業と後片付けを終えた私たちは、それぞれ馬に乗ってミシャの町から程近い場所にある丘にやってきていた。

ここはケイトとギル様がピクニックデートをした場所でもある！

「つまりギル様ルートの聖地！」

「サクラ、何わけわかんないこと叫んでんだよ。馬がびっくりするだろ」

つい叫んじゃった私に、前方を馬で先行していたクライヴが顔を引き攣らせて振り返ってきた。

ケイトとギル様のハッピーエンドを見届けた私は、引き続き『ベーカリー・スクライン』に置いてもらうことになった。

クライヴには私が異世界人だと話した。黒髪だし、私の言動から何となくそれを察していたらしいクライヴは意外とあっさりすんなり受け入れてくれた。

もちろん、ここが乙女ゲームの世界とは言っていないけどね！

ということで、この世界で生きてくことにした私はクライヴから乗馬を習っている。

王都で暮らすなら馬車があるからいいけど、このミシャの町で仕事をしながら生きていくなら、何か自分で自由に移動できる手段があったほうがいいとクライヴが言い出したのだ。

うん確かに！

普通、女の人は乗馬をしないみたいだけれど、私は運動神経がいいし、試しに馬に話しかけてみたら結構仲良くなれちゃったし。

そういうことで、クライヴに乗馬を教えてもらえることになったのだった。

私の相棒はカスミ。なんか日本人みたいな名前の女の子の馬。カスミの首筋をトントンと軽く叩いていると、クライヴが褒めてくれた。

「……サクラは筋がいいな。ちょっと教えただけでこんなに乗れるようになって。動物にも好かれるみたいだし、向いてるよ」

「へへ。丘、気持ちいいね！　ピクニックしたくなってきちゃった」

今日はいいお天気で、丘を吹き抜けていく風が気持ちいい。

うーん、ピクニック日和！

答えながら私が思い出したのは、ケイトがギル様とのデートに作って持っていった厚焼き卵のサンドイッチだった。

ふわっふわの甘ーい卵焼きをしっとりみっちりな食パンに挟んだあのサンドイッチ！　食べたいなあ。ここで口いっぱいに頬張ったら、絶対においしいだろうな！

「あるよ」

「へ？」

いつのまにか心の声を口にしていた私の前で、クライヴは馬から降りた。そのまま馬を木に繋いで、バッグからランチボックスを取り出す。

「午前中にパンの余りをつまんだだけだっただろ。ちょうどいいから作ってきた」

「うわー気が利くーー！　いつの間に！　さすが！」

クライヴが蓋を開けた先にあったのは、厚焼き卵のサンドイッチ！　ハムとチーズのバゲットサンド！　フルーツ！　どれもおいしそうでお腹が空いてくる。

早速ブランケットを敷いて、ちょっと遅いランチの時間にする。

一番に厚焼き卵のサンドイッチを手に取った私は、ハッと思い至って固まった。

「待って。クライヴが卵焼きを焼いたの……？　あれ、日本人の心だよ？　結構難しいよ？　すごすぎない……!?」


「悪いかよ」

「全然。むしろ最高」

そうして、ふかふかのサンドイッチにかぶりついた。

「うわぁ、さすが！　食パンがみっちりしっとりしてる！　卵焼きも甘くておいしーい！　あまじょっぱいオーロラソースとの相性が最高！　あー幸せ！」

「よかったな」

感激しながら食べている私の隣で、クライヴは普通にサンドイッチを食べている。

「ねえ、もっと喜びながら食べなよ!?　とってもおいしいよ!?」

「自分で作ったものを絶賛しながら食べてたら、頭おかしいだろ」

「そっか。……あ、それってまさに私だね」

へへっと笑えば、クライヴはぷっと噴き出した。

そうして、今度はハムとチーズのバゲットサンドを食べている。私も次はそっちを食べようっと。

おいしいよね、エルきせの世界の王道サンドイッチ！

そんなことを考えながらランチボックスに手を伸ばしたところで、私はあるものに気がついた。

座ったブランケットと、馬を繋いでいる木の間、目立たないようにして生えている白い花。

「ねえ、クライヴ。あの花って知ってる？」

「ん？　……おー、珍しい花だな。有名だけど、あんま見つからない花」

クライヴは目を細めた後、私よりも先にその花に手を伸ばす。

そして、ぷつんと摘んだ。

「あ⁉　珍しい花なんじゃなかったの⁉　摘んじゃっていいの⁉」

「この花は咲いてから二十四時間以内に枯れるようになってんだよ。今摘まなかったら、あとはここで枯れるだけ」

「ふぅん。でも私もこの花には見覚えがあるような？」

「へぇ。……ミシャの町周辺には咲かない品種のはずだけど、どこで見たんだ？」

「どこで、って」

確かに！　何だか見覚えがある気がしてついクライヴに聞いちゃったけど、どこで見たんだろう？　ここ最近のことじゃない気がする？

「うーん。ぜんっぜんわかんないや。アハハ」

「お前はほんとなー」

「えへへ、楽しーね、今日」

ケラケラと笑っていると、クライヴは呆れたみたいにため息をついてから、その白い花を差し出してきた。

「……これはお前にやる」

「？　クライヴが摘んだんでしょ？　え、いらないのに摘んだの⁉　二十四時間以内に枯れるって言っても、そういうのよくないよ⁉」

「ちげーよ。……これは、意中の相手に想いを伝えるための花」

「へっ」

あまりにも予想しなかった答えに変な声が出た。意中の相手に想いを伝えるための花、って……えっ、私に……うえっ、やっぱりそういうことだったの⁉

びっくりしてクライヴの顔をまじまじと見てしまう。何でもないみたいな表情をしているけれど、心なしか頬が赤く見えるような……。

微妙な間と、緊張感。

実は、ケイトが王都に戻った途端、クライヴの様子がちょっとおかしくなった。

好きな人はいないのかとか、いつまでベーカリー・スクラインにいられるのかとか、そんなことをやけに気にしてくる。

今まで好きな人を聞くのは私のほうだったのに！　いや違うよね？　何だか調子がくるってしまう。

ちょっと目を泳がせている私に、クライヴは花を押し付けてくる。

「ま、いーや。深いことは考えないで受け取って」

「……えっと、ありがとう？」

戸惑ったけれど、くれるって言っているものを拒絶するわけにはいかないし、摘まれた花はかわいそうだし、何よりもこのお花は綺麗だし。

お家《うち》に戻ったら花瓶に飾ろうっと。

そう思って手を差し出す。私の手の中には白い花。丸い花びらが五枚ある、かわいらしいお花だ。

手の中の花をしげしげと見つめる私を見て、クライヴはふっと笑った。

「……やっぱり色は変わらないか」

「ん？　何が？」

「それ、恋人に渡すと色が変わる花なんだ」

「恋人に⁉　じゃっ、じゃあ私に渡してはだめでしょう？」

まるで、クライヴが私のことを好きなのが前提みたいに話すから、私の返答は急に固くなる。

「今、サクラが持ってる花の色は白だろ？　これが、お互いに特別に思い合っている相手に渡すとピンクになるんだ。想いが強ければ強いほど、ピンク色が鮮明になるらしいぜ」

「なるっ……ほどぉ」

「だから、結婚の申し込みとかに使われる花らしい。有名だけど珍しくてなかなか見つからないし、不思議なもんで、人の手によって育てられたものは初めからピンクの花を咲かせるんだよな。だから、この花を使って気持ちをやり取りできる男女は永遠に離れることなく結ばれるっていうジンクスがあるらしい」

「…………」

驚きすぎて何も言えなかった。ていうか。クライヴは何で女の子が好きそうなことをこんなに知ってるの⁉　今の説明結構細かかったよね⁉

それに、こんなに珍しい花の存在が当たり前に認められているなんて、本当に愛と冒険のファンタジー世界すぎる。

――つまりこのお花、ものすごく乙女ゲームっぽくない⁉

クライヴとの乗馬ピクニックを終えた私は、ベーカリー・スクラインに戻った。

いつも通りクライヴと二人でお店の掃除をして、翌日の準備をした。クライヴは夕方の配達に出て、私はエリノアおばあちゃんと夕食を作った。そうして就寝する。

この世界にやってきてから、夜が訪れて眠るのは一体何百回目のことかな。

結構長い時間が経っているはずなのに、何百回目にして、私は初めて転生する前の夢を見た。

夢の中、私は『エルきせ』をプレイしていた。買い換えたばかりのピンク色のゲーム機を手に、ベッドに転がっている。

そうして、突然ゲーム機を放り投げた。

「あー！　またバッドエンド1、愛のない結婚生活、だ！　もう攻略サイト見ちゃおうかなぁ。いやだめ……私のポリシーに反する……推しは自分の手で幸せに……」

ベッドにうつ伏せになり枕に顔を埋《うず》めてそこまで呟いたところで、ぬっとスマホに手が伸びる。

意志薄弱！　ケイトには攻略サイトを見たことなんてないって大きな顔してたけど、実はあります！　たまーにこっそり見てた！　でも内緒。

「エルきせ攻略サイト、っと……」

スマホでお目当てのサイトに辿り着いた私は、新着情報に目を留めた。

「ん。全部の攻略対象のハッピーエンドに辿り着いた後に現れる隠しシナリオ……？」

何だろそれ。タップした先に出てきたのは、シルエットだけの攻略対象だった。

でも、見たことある……っていうか、これは見事にクライヴなのでは⁉　偶然うっかり似てるとかそういう次元じゃないと思う！

けれど、私が一番気になったのはそこじゃなかった。

重要アイテムとしてのっている『真実の愛で咲く花』。それが、今日、丘でクライヴと一緒に見つけた花そのものだったのだ。

「ひえええ！　やっぱりあれはゲームのアイテムだった！　しかも、ヒーローが主人公にプレゼントして想いを確認するための超重要アイテム！　花は見つけたもの勝ちだった！」

つまり、今日の丘での出来事はクライヴとのイベントか何かだったのでは⁉

まさか、こんな身近に重要アイテムと出会うなんて思っていなかった私は、ベッドからがばりと起き上がる。

夢は、そこで途切れた。

【第二章】 私のスキル

翌朝。昨日、家に戻ってきてからガラス製の花瓶に生けたはずの『真実の愛が咲く花』はすっかり枯れていた。

「すごい！　昨夜はあんなに生き生きしていたのに、たった一晩でこんなにカピカピに変わっちゃうなんて！」

花瓶の底にはきちんと水が残っているし、昨夜寝るまでは白い花が綺麗に咲いていたのを覚えている。それなのに、今私の目の前にあるのは茶色くなって枯れた花だった。

「二十四時間で枯れるっていうクライヴの教え通りだ。やっぱりこれはエルきせの世界のアイテム……。もしかして、クライヴルートの中にいるのかな」

ここで一つ問題が。

私はギル様ルートをクリアする前に死んじゃったから、その後に解放される隠しキャラルート――、つまりクライヴルートの内容を知らないんだよね。

「エルきせって勇者と組んでドラゴン討伐に行ったり、聖女から魔法騎士にジョブチェンジしたり……。恋愛以外にも冒険の要素がかなりあるんだよね。私、大丈夫かな」

愛と冒険のファンタジーな世界だけど、結末は意外と硬派な『エルきせ』。

ギル様ルートでバッドエンドになったケイトが寂しい人生を送る可能性があったように、私にも冒険で失敗したり、ベーカリー・スクラインを追い出されて一人ぼっちで生きるバッドエンドがあったりするのかもしれない。

「ちょっと怖いかも……でも、そもそもこれってもうゲームオーバーになってない？」

普通、好感度を測るようなアイテムが出てくるのは終盤だ。

だから昨日、花の色を変えることができなかった私とクライヴのハッピーエンドはもうない可能性もあるのかな？

「わかんないなぁ」

まぁ何とかなるきっと！

枯れた花をじっと見てみる。何だか残念なような寂しいような。

私は、何とも言い表せない不思議なもやもやを感じていた。

いつも通り、朝のラッシュを捌《さば》き切った私とクライヴは、お昼用のパンの焼き上がりを待っていた。

オーブンの中にはバゲットにデニッシュにベーコンエピにフォカッチャ！　全部おいしそうでお

腹が空く！

フォカッチャは最近クライヴが作るようになった新商品。練り込まれたハーブの香りがすっごくよくて、お肉料理と合うんだよね！　あー、お肉食べたくなってきたなぁ。

「んじゃあ今日は肉のワイン煮込みにでもすっか」

「あ、また声に出てた？　おいしいよね」

「ばあちゃん、今日は時間があるらしくて夕食作ってくれるって言ってたぞ。ちょっと手が込んだものを作ってくれるはず」

「うわーやったぁ！　エリノアおばあちゃんのお料理、おいしいんだよねぇ」

「でもちゃんと手伝いはするぞ？　鍋とか重いしな」

「もちろんだよ。クライヴは本当におばあちゃん子だねぇ」

カラン。

クライヴと夕食のメニューの話で盛り上がっていたところに、鐘の音が鳴って来客に気づく。

扉を見ると、旅人っぽい格好のおじさんが顔を覗かせていた。

「いらっしゃーい！　今あんまりパンがないんだけど、あと十分ぐらい待ってもらえればパンが焼き上がりますよ！　焼きたてのパン、絶対においしいから、そこのベンチで待ってて！」

声をかけると、おじさんはにこりと笑った。

「そうなのですね。じゃあ待たせてもらいましょうか」

「うん、それがいいよ！　はい、このアイスティー飲んで待ってて。棚が空っぽでごめんね。うち、人気のベーカリーだから」

そう謝る私に、クライヴが隣から「お前、それ自分で言ったら嘘っぽく聞こえっぞ」とからかってくる。でもベーカリー・スクラインが人気なのは本当のことだし、別にいいと思う！

アイスティーを受け取って私たちを眺めていたおじさんは、ふと首を傾げる。

「ここのベーカリーは人気のお店なのですね」

「？　はい！　ご覧の通り、朝の営業だけで棚が空っぽになるぐらい人気のお店です！」

「なるほど。パンがおいしいのはもちろんだが、看板娘の効果もありそうですね」

「看板娘なんてそんな！　照れる！」

楽しく会話を交わしていると、急に不機嫌になったクライヴが私と旅人のおじさんの間に入った。

「その辺にしておいてもらえますか。今は仕事中なんで」

不機嫌っていうか、警戒心全開っていうのかな。

うーん？？？

基本的にクライヴはお客さんに愛想がいい。

そのうえ、おいしいパンは焼くし、口は悪いけど優しいし、この前はなぜかドラゴンまで倒しちゃったし。しかも顔が超絶いいので、ミシャの町の人たちにもものすごーく好かれている。

そのクライヴがこんなふうに振る舞うのはあまりないことなので、ちょっとびっくりする。

「クライヴ？　この会話は冗談だよ？　それにいつもと同じ世間話だし」

「だけど、町の人じゃないだろう。サクラはもう少し警戒しろ」

なるほど。クライヴは、この旅人のおじさんが町の人じゃないから心配してくれたみたい。

私たちの会話を聞いていた旅人のおじさんは、まったく気を悪くすることなく、帽子を取って笑顔を見せてくれた。

「ああ、警戒させてしまいましたかね。申し訳ありません。実は私『スキル鑑定』の能力を持っておりまして、これから王都に向かうところなのです。……見たところ、こちらのお嬢さんが特別なスキルをお持ちのようなので、職業柄つい」

「特別なスキル？？？」

「はい。髪の色が黒ですし、人と違うのは大体オーラでわかりますが、どんなスキルをお持ちなのかは手を握ってみないとわかりません。鑑定してみませんか？」

何それ！　めちゃくちゃ『エルきせ』の世界っぽい！

っていうか、考えてみれば私それやったな⁉

この世界に転生してきちゃったとき、ジョシュア様が連れて来た鑑定士に手を握られてはっきり『声が大きくて力が強いだけの異世界人です』って宣言されたよ⁉

あのときは、うわー異世界転生したのに何のチートもない！　めちゃくちゃおもしろっ！　て思ったけど、今考えてみると結構ひどいこと言われてるね？

「あの、旅人のおじさん。私は見ての通り異世界から来た人間なんだ。なので、エルネシア王国に来たときにもう鑑定は受けてるんだ！　そこで特別な能力なしって言われちゃったし、もう一度鑑定してみても意味ないと思う」

「二回目の鑑定まで受けましたか？　通常、異世界人は特別なスキルを持つものです。もし仮に一回目の鑑定でスキルなしと判定されても、この世界に来たばかりでオーラが濁り正しい結果になっていないこともあります。普通は数日後に再鑑定を行うはずですが、それでも本当に能力なしと？」

「……」

そういえば私、数日後に再鑑定する前にケイトと一緒に脱走したような？

ぱちぱちと目を瞬くと、クライヴが言った。

「鑑定しといてもらえば？　この世界で生きていくなら、自分のことはよく知っておくべきだろ」

「確かにその通りだね！」

ということで、私は手を差し出した。

「おじさん、私のスキルを鑑定してください！　お代はクロワッサン一個で！」

「では失礼して」

おじさんは私の右手をぎゅっと掴んだ。そうして、目を閉じる。

そのまま数秒をおいて、目を開けた。

「なるほど、わかりました」

えっもうわかったの⁉　早すぎない⁉

「私に声が大きくて力が強い以外のスキルはあった？　まぁ、異世界転生する前からそうだったけど！　あはは！」

「……これは珍しい。あなたは『対話』のスキルをお持ちのようだ」

「対話？？？」

何それ。説得が上手とかそういうこと？

スキルを持っていると言われたのはうれしいけど、なんか地味なような？　だって『エルきせ』の世界だよ⁉　勇者と魔王討伐したり、聖女様として活躍したりするあの世界観だよ？

ちょっとがっかり……と思った私だったけど、クライヴは違うようだった。

「対話。すげえな。考えてみれば、サクラには納得することがたくさんあるわ」

「ねえ、クライヴ勝手に納得しないで！　私は何一つわかんないよ？」

「エリノアばあちゃんが宿屋でサクラとケイトを拾ってきたこととか、サクラが来てからうちのパン屋がミシャの町以外でも有名になるぐらい人気になったこととか……。全部運がいいなって思ってたけど、特別なスキルだと思えば全部説明がつくだろ？」

「あ、それはそうかも。パンがおいしいのは本当のことだけど、王都にまで名前が届くって、それ以外の要素が関わってくるもんね！」

うんうんと頷きあう私たちを見て、旅人のおじさんは口を開く。

「『対話』は相手の意思を無理にコントロールすることなく、自然に肯定の返事を引き出せる素晴らしいスキルです。きっと、エルネシア王国の中枢も欲しがるでしょう。私は旅人だが鑑定士です。旅をしていて、役立ちそうな珍しいスキルの持ち主に出会ったら国に紹介するように言われているのですが」

「えっそうなの⁉　おじさん、私を国に突き出しちゃう系⁉　ひえぇ！」

声を張り上げれば、また怖い顔をしたクライヴが私の前にすっと立ちはだかった。けれど、おじさんはニコニコして続けた。

「私はパンが好きなんですよ。ここへも、旅先で噂を聞いて『クロワッサン』と『クロワッサン・ダマンド』が食べてみたくて立ち寄ったんです。同じパン好きが悲しむようなことをすると思いますか？」

「！　おじさん！　なんていい人なの！」

パンに免じて、国への報告をしないでくれるというおじさんが神様に見える。

ジリリリリ。

そこへ、ちょうどパンが焼き上がったことを知らせるオーブンの音が鳴り響く。

旅人で鑑定スキル持ちのおじさんは、おいしそうに『クロワッサン』と『クロワッサン・ダマンド』を食べて帰っていったのだった。

やっぱり、パンが好きな人に悪い人はいないよね、うん。

その日の夜、エリノアおばあちゃんが作ってくれたお肉の煮込みが食卓にあがった。ゴロゴロした塊のお肉のほか、キノコや野菜がたっぷり煮込まれていておいしそう！　ソースは赤ワインがベースになっているみたい。

ビーフシチューとも少し違う、大人の香りが漂ってきてお腹が鳴りそう！

ほかにはフルーツと生ハムのサラダに、じゃがいものグラタン、キノコのマリネ、パプリカが色鮮やかなキッシュ。そしてクライヴが焼いたバゲット！

今日のディナーは本当に豪華でおいしそうだった。

いつもはクライヴと私で夕食の支度をするけど、私たちはスープとかシチューとか簡単なものしか作れない。

こんなふうに、エリノアおばあちゃんがたくさんの家庭料理を作ってくれる日が何よりの楽しみなのだ。

「エリノアおばあちゃん、ぜーんぶおいしい！　お肉の煮込みはほろっほろでとろけるし、フルーツと生ハムのサラダはドレッシングに使われてるオレンジがめちゃくちゃ爽やかで最高！　じゃがいものグラタンはクリーミーだし、さっぱりしたキノコのマリネはさすがって感じだし、キッシュはベーカリー・スクラインで出したい！　レシピ教えてください！　お願いします！」

頭を下げた私に、エリノアおばあちゃんはくすくすと笑った。

「そんなに喜んでくれるんだったら、毎日でも作りたいねえ」

「あっ、それはだめ！　私たち、エリノアおばあちゃんに苦労をさせないことが一番の喜びだから！」

「うれしいことを言ってくれるねえ」

エリノアおばあちゃんと笑い合っていると、何だか難しそうな顔をしたクライヴと目が合った。

あれ？　取り分けた料理が全然減ってない？

「クライヴ、どうしたの？　お腹でも痛い？」

「いや……。今日、サクラはスキルの鑑定をしてもらっただろ？　本当にサクラはずっとここにいていいのか気になってる」

「エッ⁉　クライヴ、私を追い出す気⁉」

「だって、異世界人っつーとこの国では有名人が多いし、皆華やかな地位で活躍してるだろう？　サクラはこんなとこでパンなんて焼いてていいのかよ」

「パンなんて、って」

私のパンへの愛を舐めてますね！

思わずがたんと立ち上がった私にクライヴは続ける。いつもと同じぶっきらぼうな表情と口調で。

違うのは、声が硬いことだ。

「俺は、ただサクラがこの世界で不自由なく幸せに暮らせたらいいと思ってるだけだよ。パンを焼くのなんて王都のパン屋でもできるだろ。それに宮廷付きになれば収入は安定するし好きなことして暮らせるんだぞ？」

「ちがーう！　私はここが好きなの！　何でそんなこと言うの！」

つい興奮して、ただでさえ大きいと言われている声がさらに大きくなっちゃった。じっと話を聞いてくれていたエリノアおばあちゃんが、あったかい笑顔で仲裁に入ってくれる。

「二人とも、どうしちゃったんだい。おいしいものの前で人間は喧嘩しないっていうから、アタシの料理がまずかったかねえ」

「「!?!?」」

エリノアおばあちゃんが大好きな私とクライヴは、青くなって同時に振り返った。

「ち、違うおいしいよ、ほっぺたが落ちるぐらいおいしい」

「そーだよ。うまいよ。ばあちゃん、何言ってんだよ」

「じゃあ、二人ともおかわりをするんだね？」

そう言われてしまえば、私たちは顔を見合わせてお皿を差し出した。喧嘩をしている場合じゃない！　エリノアおばあちゃんのおいしいごはんを食べなきゃ……！

無言の中、エリノアおばあちゃんがたっぷり山盛りにしてくれたお肉の煮込みをおいしくいただいていると、クライヴがぽつりと呟いた。

「……悪かった。こんなつもりじゃ」

「私も、ごめん。でも、クライヴにここから出て行けって言われたみたいで、結構悲しかったんだ」

「……だよな。本当に悪い」

「ほんと反省してね？」

「はい」

ダイニングにはお料理のいい匂いと、カチャカチャという食器の音が満ちる。エリノアおばあちゃんが私たちを温かく見守ってくれている気配が、どうしようもなく居心地がいい。

私がこんなに素敵な場所を出ていくなんてありえないのにな。

珍しくしおらしくなってしまったクライヴを見ながら、私の脳裏には『真実の愛で咲く花』のことがちょっとだけ思い浮かんでいた。

ここは『エルきせ』の世界なのだ。どんな答えを選び取っていくかで、辿り着く結末は変わる。とはいっても、実際に人が生きている世界だ。ケイトとギル様ルートを見ていると、シナリオから外れても問題はなさそうには見える。

たとえば、クライヴは私にあの白い花を渡したし、私は受け取ったけれど色を変えることはできなかった。

やっぱり、私とクライヴのお話は知らない間に途中バッドエンドを迎えて、もう終わっているのかもしれない。

別にハッピーエンドになりたいわけじゃないはずなのに……ほんの少しだけ寂しい気がした。

【第三章】ドラゴン殺しの魔導士

それから数日後。夕方に店じまいをした私とクライヴは翌日の準備をしていた。

ふと顔をあげると、クライヴの髪が視界に入った。あれ？　何だか、前より赤みが強くなっているような？　もしかして、そろそろ染めどきでは？

「ねえ、クライヴ。地毛の色が目立ち始めちゃってるよ。ふふん、私が染めてあげよう」

「!?　いいよ、自分でやるし」

「まあまあそんなに遠慮しないの。向こうで準備してるからおいでね！」

ということでそれからほんの数分後、私の目の前にはとても不安そうにしているクライヴがいた。

「本当に大丈夫なのかよ……」

「大丈夫大丈夫！　エリノアおばあちゃんが染めてるの、いつも見てるし！　私わりと器用なほうだし！　問題ない問題なーい！」

アハハと笑う私の前でクライヴは椅子に座り、小刻みに震えている気がする。そんなに怖がることないのに！

「お前、パン捏ねてごはん作って叫んでるとこしか見たことないぞ……？　もし綺麗に染まんなかったら、まじで死活問題なんだけど、俺」

「えー？　髪がまだらだったり赤すぎるぐらいで何か問題なの、この世界？」

問いかけると、さっきまで笑っていたクライヴは急に表情を引き締《し》めた。

「この世界では髪色がそいつの能力――つまり利用価値を表すんだ。ケイトだって一目で聖女だってわかっただろ？　――ケイトは、人に知られる前にうちに連れてこられて本当によかったよ」

「つまり、クライヴも地毛が赤だってバレたら大変なことになるってこと？」

「そうだよ。前にも言ったけど、俺はある魔導士一族の末裔だ。祖国から逃げてここまで来たけど、たぶん今でも俺のことを探している人間がいる。見つかったら面倒だとは思う」

「そうなんだ……」

そっか。クライヴは隠しキャラになるぐらいの、チート能力と背景を持った人なんだった。普段があまりにいい子で弟みたいだからすっかり忘れてた。

肩を落とした私に、クライヴは櫛《くし》を渡してくる。

「まーいーよ。綺麗にできなかったらエリノアばあちゃんにやり直してもらえばいいし。今日はサクラがやって」

「！　オッケー！　任せて！」

早速クライヴの髪に櫛を入れる。サラサラとした短めの髪型は、ヤンチャな男の子って感じでクライヴに本当によく似合っていると思う！　――かっこいいほんと好き！

「……お前、聞こえてっぞ」

「あ、ごめん。つい」

鏡越しに見えるクライヴの頬は少し染まっている。

いけないいけないけない、ついつい心の声が。

私は頑張って口を引き結び、クライヴの髪に染料を塗り始める。それをじっと見つめていたクライヴだったけど、少し意味深な空気を漂わせて口を開いた。

「……この髪色さ。隣国・ルドー王国で由緒正しい一族『ドラゴン殺しの魔導士』の血を引いている印なんだよ」

「へっ」

突然のカミングアウトに、びっくりしすぎて櫛が飛んじゃった！　慌ててそれを拾おうとしたんだけど、一足早くクライヴが代わりに拾ってくれる。

「由緒正しい一族っつってもかなり衰退してて、きちんと期待に応えられるだけの力を持って生まれる人間自体が少ないんだ。俺の両親は十分な力を持たずにその結果死んだし、親戚も似たようなもんだった。俺は久しぶりにまともな力を持って生まれたんだけど、同じように能力を持つ一族のおっさんに捨てられた。そしてばあちゃんに拾われた」

「……」

クライヴの話は何となく聞いたことがあった。でも、こんな境遇だったんだ……。想像していたよりもずっと重すぎる背景に、何も言えなくなってしまう。

そうして、クライヴは続けた。

「ただ、ドラゴン討伐を得意とする一族は、どこの国だって喉から手が出るほど欲しいはずなんだ。ドラゴンはそう頻繁に出没するわけじゃないけど、それでも襲われれば一筋縄じゃいかない。騎士団だってスムーズに収めるため、俺が欲しいだろ？」

「それはそうだよね。この前ミシャの町にドラゴンが出てそれをクライヴが倒した後も、エルネシア王国の王国騎士団からスカウトが来てたもん」

「まぁ、この国では『ドラゴン殺しの一族』なんてあまり知られてないから助かったけどな。……俺、ばあちゃんには本当に感謝してるんだ。捨てられて身寄りのない俺を拾ってくれて、ここまで育ててくれた。だから俺はこのベーカリー・スクラインでパンを焼きながらばあちゃんに恩返しをして生きていくって決めてるんだ」

「クライヴ……！」

私はうんうんと頷く。初めて会ったときから、なんておばあちゃん孝行ないい子なんだろうって思ってたけど、こんな事情があったなんて……！

いい子すぎか！　泣けるもうだめ！

私は、クライヴの特別な力が知られることがないようにしっかり髪を染めなきゃ……！

柔らかい髪にたっぷりと染料を塗りながら、私は固く決意する。

クライヴがエリノアおばあちゃんに救われたように、私はクライヴとエリノアおばあちゃんに救われた。

居場所をくれて、大好きなパンを焼かせてくれる二人にちゃんと恩返しをしよう。

ちょっと涙目になった私の頭の中は『クライヴってなんていい子なの！』で埋め尽くされていた。

クライヴが幸せになってくれたらいいな。何としてでも、クライヴのハッピーエンドを見届けなくちゃ！

だから、鏡越しにこちらを見ていたクライヴの言葉に気がつかなかった。

「まー、この前ドラゴンを倒したことが俺を探してるやつらの耳に入ってなきゃいーけどな」

その夜、遅くにベーカリー・スクラインの扉が叩かれた。

店じまいはとっくに終わっていて、なんなら夕食まで終わっている。

「こんな時間に、一体誰だろーね」

「明日の朝の追加注文じゃねーか？　たまにあるんだよ。……いいから、サクラは奥に行ってろ」

そう言いながら、クライヴはお店に明かりを灯して扉を開ける。私は何か気になって奥には行かずに見守ることにした。

カランカラン。

開いた扉の向こうには、騎士服の男の人が数人いた。皆ガタイが良くて腰には剣を下げている。ちょっと物々しい雰囲気にびっくりしてしまう。

「クライヴ・リドゲートだな。君が持っている能力の件で大切な話がある」

「確かに俺はクライヴという名前です。だけど、リドゲートじゃない。スクラインだ。この家の人間で、その家名とは関係ありません」

「ふうん。髪はブロンドだが……わずかに赤く見えるな。もしかして染めているんだろう？」

「何のことか」

何これ。挨拶もなしにあまり友好的じゃない会話をしてる……!?

そういえば、クライヴに「クライヴ・リドゲートだろう」と迫っている騎士が身につけている騎士服には見覚えがない。

このミシャの町の管轄の騎士団の人ではないし、もちろん王国騎士団の人でもない。ってことはこの人たちは誰なの……？

でもわかる。クライヴはこの人たちから身を隠したいんだ、って。赤い髪をブロンドに染めているのは絶対にこの人たちのせい！

何となく察したところで、一番偉そうな騎士が声高に宣言する。

「君の前任は能力を失い、自由になった。次は君の番だ」

「本当に何の話ですか？　意味がわからないし、これ以上食い下がるようなら人を呼びますけど」

「呼びたければ呼ぶがいい。でも私たちは君を連れていく」

「ふーん。隣国の王族直轄の騎士団が他国から善良な市民を連れ去っていいんすか？」

クライヴの冷静な言葉に、騎士たちの間には戸惑ったような空気が流れる。

え、待って。この人たち、隣国の王族の直轄騎士団なの……⁉　びっくりした私は、ついつい会話に割り込んでしまった。

「ねえねえ、それって隣の国の王様が無理やりクライヴを連れて行こうとしてるってこと？　それって誘拐なんじゃない？」

「サクラ、奥に行ってろって言っただろ」

クライヴはとても嫌そうに私を見てるけど、止まらない。だって！

「エルネシア王国とお隣のルドー王国は国交がある友好国だよね⁉　それなのに、勝手に人を連れて行くって許されないと思う！　私、ちょっとギル様に連絡してくる！　恋愛方面ではどうしようもない感じの愛すべきポンコツだったけど、こういうことにおいてはきちんとした切れ者だっていう設定だったし！」

「ギル様って誰だよ。しかも何の設定？」

騎士の人からすかさずつっこみが入ったけど、こうしてはいられない。奥に引っ込んだりしたら、その隙にクライヴが連れて行かれちゃう！

「ギル様は王子様！　私たちが権威を笠《かさ》に着ても許されるぐらい、私たちに恩を感じている王子様なんだから！　だから帰ってください！」

もともと声が大きいと評判の私が意識して一際大きい声で伝えると、騎士の人たちの間には動揺が広がった。

「え……ギル様ってエルネシア王国のギルバート殿下のことでは？」

「どうして彼らにそんな繋がりが」

「もしかして、能力をエルネシア王国で役立てようとしているのか？　祖国を差し置いてなんてことだ」

うーん。ギル様のお名前を使って何とかしようと思ったけど無理みたい。私の『対話』スキル、ぜんっぜん使えなかった！　……って思ったら。

「わかった。今日のところはここで失礼しよう。だが、このことは内密にしてほしい」

真ん中の一番偉そうな人が急に主張を収めてくれた。

そこへ、クライヴが仏頂面で応える。

「無理ですね。もう来ないなら考えてもいいですけど。それに、あんたたち全員よりも俺一人のほうが強い。たとえドラゴン相手じゃなくてもね。……そうだろ？」

「何だと？」

あっ、せっかく帰ってくれそうだったのに！

いろいろ言いたいことはあるけど、今はこの人たちに帰ってもらうことが大事だと思う。夜だし、ミシャの町を護っている騎士団はすぐに来られないし。

もちろん、この人たちよりもたった一人だけどクライヴのほうが強いのは私にだってわかる。この前、ドラゴンを一人で倒したところを見たもの。

でも、エリノアおばあちゃんを大事にしているクライヴはとても優しい。誰か大事な人を盾に取られたらどうなるかわからない。

今日のところは帰ってもらって、この人たちが次に来るときまでには王都にいるケイトやギル様に相談して助けてもらおう！

「また後日お話をお伺いしますので、今日は帰ってください！」

ということで、私に備わっているらしい『対話』スキル、お願いだから発揮されて……！

心の中で懇願しながら騎士の人たちを見上げると。

「……そのうちにまた来る。どうせ、家を知られていてしかもそこに大切な人がいるとあっては、逃げられないだろうからな」

偉そうな騎士の人は、私のほうをチラリと見てから帰っていったのだった。

「追い返せてよかったね！　でもさ、私の『対話』スキル、地味すぎない⁉　これ本当に発揮されてるのかな⁉」

騎士の人たちを追い返すことに成功した私はクライヴとハイタッチ！　したい気分だったのだけど、クライヴのほうはそうじゃないみたい。

今の出来事を笑いに変えようとする私とは正反対に、扉を怖い顔で睨み考え事をしている。

「クライヴ？　ねえ？」

目の前でひらひらと手をかざせば、やっと我に返ってくれた。

「あ、悪い。サクラ、もう遅いから寝ろ」

「え？　でも」

「いいから。今の出来事、ばあちゃんには絶対に言うなよ。心配すっから」

これから、王都のギル様とケイトに手紙を書くつもりだった私はびっくりしてしまう。

「何もしなくていいの？　だって、あの人たちまた来るんだよ⁉　早めに対処しないと面倒なことになるよ！」

クライヴは何も言わず、ぴーぴー騒ぐ私の頭をぽんと撫《な》でて奥に戻って行ってしまった。

……本当に大丈夫なのかなぁ。


次の日の早朝。

いつもの時間に起きて身支度を終えた私が厨房へ行くと、誰もいなかった。仕込みやオーブンの準備はおろか、明かりもついていなくて、早朝のベーカリー・スクラインは真っ暗。

私がここでお世話になるようになってからこんなことは今までになかった。

「クライヴ、寝坊かな？」

とりあえず、私が代わりに朝の準備をすることにする。

オーブンを予熱して、気温や湿気の感じから粉の配合を変えていく。転生前にも手伝ってきたし、いつもクライヴがやっているのを見ていたから問題なくできた。

ハード系のパンの生地だけはクライヴじゃないとできないから、置いておく。もう少ししても来なかったら起こしに行こう、うん！

そこから数十分後、私が担当するデニッシュ系のパン生地を捏ねていたところで、クライヴが厨房に入ってきた。ばたばたと音を立てて慌てている。

「サクラ、悪い。寝坊した」

「ううん。全然いいの。だって、いつもクライヴにばっかり準備してもらってるもん。たまには私がやらないとだよね？」

「俺もすぐにやるわ」

「うん」

そうしていつも通り朝の支度を始めたけど、やっぱりクライヴは様子が変！　調理器具を落としたり、魔法の加減に失敗したり。いつもならありえないミスばかりを連発してる。

あまりにもいつものクライヴじゃなくて、心配になってしまう。

「ね～え？　本当に大丈夫？　具合でも悪いんじゃないの！」

「いや、何でもない。ただ眠れなかっただけで」

「！」

よく見るとクライヴの顔色は青白い。それだけじゃなく目の下にはクマができているみたい。

もちろんこんなのは初めてのこと。心当たりは一つしかなかった。

「……クライヴ、もしかして昨日の夜に尋ねてきた人たちのことを心配してる？」

「いや、そういうわけじゃないけど」

そう答えつつもクライヴの様子はやっぱりおかしい。

まるでこの話題に触れられたくないみたいで。いつもは軽口ばかり交わしている私たちだけど、何だか会話が続かなかった。

静かな厨房にはただパンを捏ねて焼くだけの音が響く。いい匂いはしているけど、こんなに居心地が悪かったことない！　嫌がられるかもしれないけど、きちんと話さなきゃ！

「ねえクライ……」

ヴ、まで言おうとしたところで、言葉を被せられた。

「サクラはこの店のことは大体覚えてるよな」

「？　う、うん。今日みたいな開店準備も、後片付けも、全部できるよ。当たり前じゃん」

「だよな。ハード系のパンのレシピさえ置いとけばサクラなら難なく焼けるか。あとは配達をしてくれる人間がいれば俺がいなくても問題ないな」

「うん。だからクライヴはいつも早起きしすぎないで今日みたいにゆっくり休んで、って『俺がいなくても⁉』」

全力でつっこみを入れた私にクライヴは特に反応しない。

「ああ。もしかして、明日からしばらく出かけることになるかもしれない。配達だけ誰かに頼んどくわ。賃金の支払いもばあちゃんに全部話しとくから、サクラはいつも通り働いてれば大丈夫」

「ねえ、どこに出かけるの⁉　もしかしてルドー王国⁉　だめだよ、行ったら帰って来られなくなるよ⁉」

大声を張り上げた私の隣で、ジリリリリとベルが鳴る。これはバゲットが焼けた合図。

いつもはクライヴがすぐにオーブンを開けて焼け具合を確かめるところなのに、今日はそれをしない。代わりに無言で分厚いミトンを私に渡してきた。

「え？　私がやるの？」

「…………」

そのまま、クライヴは厨房を出て行ってしまう。何にも話してくれないまま。

その後ろ姿を見ながら、ふとこの前、乗馬の練習がてら丘でピクニックをしたときのことを思い出した。

クライヴは私に『真実の愛で咲く花』を贈ってくれた。

でも、白い花は色が変わらずにそのままだった。

もし、私があの花をピンク色に染めていたら、クライヴはもっと私にいろんなことを話してくれたのかなぁ。恋人だもんね。きっと恋人には何でも話すよね、うん。

今、厨房を出ていくクライヴが小声で私に告げた言葉が、頭の中をぐるぐる回っている。

〝――ばあちゃんへの恩返しはサクラに頼みたい〟

わかりやすく心を占める寂しさの奥に、冷たくてどしーんとした感情が陣取った。

何だろう、これ。


次の日、クライヴはまたいつもの時間に起きて来なかった。

バゲットを捏ね始める時間になっても来なかったから、私はクライヴの部屋を見に行った。普段は入ることがないクライヴの部屋。

男の子の部屋って散らかってるイメージだったけど、クライヴの部屋はとっても几帳面《きちょうめん》に整頓されていて。

私は、取り越し苦労であってほしいと思いながら、ベッドのぺたんこの掛け布団を捲《めく》った。

――やっぱり、クライヴはいなかった。

【第四章】生まれ故郷

私は一人で馬に乗っていた。

人気のない、森の中の一本道を走る。

森が深すぎて、日中のはずなのに薄暗くてちょっと怖い。

クライヴが私のためにどこかから連れてきてくれた相棒のカスミは、とっても賢くておとなしいいい子。私の曖昧な指示でも怒ったり見下したりせずに、一緒に走ってくれる。

「こんなにいい子、クライヴはきっと私のために頑張って探してくれたんだ……」

私がこの世界で生きていくことを決めたとき、クライヴはすごくうれしそうにしていた。だからこそ、こんなふうにいろいろ考えたり教えたり手配してくれたりしたんだよね。

とりあえず、今はクライヴに乗馬を教わっていたことを感謝したい！　だって、そのおかげでこうしてクライヴを追いかけられるんだもん。

……と思えるいい子ちゃんな自分がいる反面、ちょっと怒りたくなる自分もいるわけで……。

だって、黙って出ていっちゃうってどうなの？

私はともかく、エリノアおばあちゃんにまで何も言わないなんて！　大体にして、私たちがクライヴがいなくなったのを放っておくわけがないじゃん！　クライヴは大事な家族なのに！

いけないいけない、叫びそうになっちゃった。

「私はクライヴがいないことに気がついてすぐに出てきたし、休憩だってしてない。もうそろそろ追いついてもいい頃だと思うんだけどな」

たぶん、クライヴはルドー王国に行くことにそんなに乗り気じゃないはず。

だからミシャの町を離れて私たちに見つかる危険性がなくなったら、そこからはゆっくり移動すると思うんだけど。

そんなことを考えながら、偶然見つけた湖のほとりで馬のカスミにお水を飲ませていると、湖の上空だけ開けていて眩しかったはずの空がいきなり暗くなった。

ううん、暗くなったんじゃない。ちょうど、私の上空だけ何かが覆い被さったんだ。

そのことに気がついたときにはもう遅かった。

カスミがいななきを上げ、私は顔を上げる。

そこにいたのはドラゴン!?　嘘だよね！　いや本当だった！

この前、ケイトとギル様のハピエンを見た日の記憶と違《たが》わない、獰猛《どうもう》な外見のドラゴンが私たちの目前に迫っていた。

「待っ……」

待って誰か助けて⁉　って叫びそうになった私は慌てて両手で口を押さえる。そうだ！　ドラゴンは女性の高い叫び声に反応して攻撃してくるって言ってた。

それなら叫んじゃダメだよね。

言葉を封印したものの、私とカスミは立ち尽くすしかない。だって私は魔法とか使えないし、カスミに乗って逃げようにも、たぶん鐙《あぶみ》に足を通した瞬間に襲われると思う。

せめてカスミだけでも逃したいと思ったけど、動く気配がなかった。主人がここにいるから、動けないいんだ。いい子だけど、こういうときは逃げていいんだよ⁉⁉⁉

それなら、この睨み合いのほうがまだいい。多分、寿命も繋がる。……数秒の違いかもしれないけどね。

上空で静止していた森の色に馴染む深い緑色をしたドラゴンは、赤い瞳をぎらりと光らせた。あっこれだめ、食べられちゃう！

何で私のスキルは『対話』なのかな⁉　こういうときにぜんっぜん使えない！　だってドラゴンとお話できないし！　異世界人なんだからもっとわかりやすいチートが欲しかった！

カスミの首にぎゅっと抱きつき、目を閉じて二度目の人生の終わりを覚悟した……んだけど。

いつまでも衝撃がこなくて、私はうっすらと目を開けてみた。あれ？

その瞬間、頭上からバリバリという轟音《ごうおん》が響く。ドラゴンは一瞬で凍り、剣で目玉を貫かれた。

あまりにも短時間に起こった出来事にびっくりして立ち尽くしていると、空から赤みがかったブロンド髪の男の子が降ってきて、私の目の前に見事に着地した。

「お前、何でここにいんだよ」

「……かっこよすぎか！」

「は？」

つい数秒前、この異世界での人生の終わりを覚悟していた私だったけど、つい本音が出ちゃった。

怒ったような顔で私の前に降り立ったのは、クライヴだった。

あの湖はたまにドラゴンが水を飲みに来ることで有名らしく、近寄ってはいけないところだったみたい。クライヴはドラゴンの凶暴化した気配を感じとって様子を見に来たんだって。

そうしたら、私がドラゴンに襲われていたということだった。

うん、私って運が良すぎない⁉

普通なら絶体絶命で、ほぼ死ぬところなのに、ドラゴンを倒すことに特化したクライヴが近くにいたなんて。

感動していると、クライヴがカンパーニュに焚《た》き火で炙《あぶ》ったチーズをのせて渡してくれる。

今私たちがいるのは、さっきの湖から離れた森の中。馬たちを休ませ、荷物を下ろした私たちは火を起こして食事にしているところだった。

「うわぁ、おいしそう！　私これアニメで見たことあるよ⁉　こんなふうに、火でトロンってさせたチーズをパンにのせて食べるの夢だったんだぁ」

ついはしゃいでしまった私に、クライヴは冷たく言った。

「これ食ったら家に戻れよ」

「やだ。クライヴも一緒に帰ろうよ。大体にして、私を一人で帰して心配じゃないの？　今だって、危険な湖に立ち入ったのは土地勘と常識皆無な異世界人だからだよ⁉　一人で来た道を戻ったら、またドラゴンに襲われるかもしれないよ？」

「……なくはないのがこええよ」

「でしょ？」

てへっ、と笑ってみせると、ただでさえ冷たかったクライヴの表情はますます険しくなった。

「……サクラ、なんで来た」

「クライヴがいなかったから」

「答えになってねーよ」

クライヴはイライラしたように言うと、手にしていたパンを膝の上に置いてしまった。そして続ける。

「俺がどんな気持ちで出てきたと……。俺はサクラとばあちゃんを大変な目に遭わせたくねーんだよ。意味深なこと言ってた翌朝に姿を消してる時点で察しろよ！」

「無理無理！　察したけどほっとくわけないじゃん！　水くさいよ。巻き込んでよ」

「そんな簡単に言うんじゃねーよ」

「私にとっては簡単なことだよ？　クライヴがいないのは嫌だし、困ってたらどんなに苦労してでも助けたいって思う。当たり前のことなんだよ」

「……」

クライヴからは答えがない。どうしたのかな、と思って見てみると、膝の上のパンを見つめたまま黙り込んでいた。

この話題に関してはおしまいなのだと判断した私は、チーズをのせたパンにぱくりとかぶりつく。

「おいしっ……！　チーズがトロトロ！　焚き火の香りが少し移ってて香ばしい！　そしてカンパーニュ！　いつも通りしっかりおいしい！　うーん幸せ！」

「……」

私の全力の感想を、クライヴはしっかり聞き流している。無視しようったってそうはいかないんだからね⁉　もぐもぐと咀嚼しながら、私は伝える。

「ベーカリー・スクラインはエリノアおばあちゃんがしばらく営業休止にするって」

「なっ……⁉　どうしてだよ？　サクラがいれば全然余裕だろ？」

「パンが焼けても、クライヴがいないとダメなの。これはエリノアおばあちゃんが決めたんだから、私に抗議しても無駄だよ？　だから早く一緒におうち帰ろうよ」

今朝、クライヴが一人でルドー王国に出かけたらしいことを知って、エリノアおばあちゃんはお店をしばらくお休みにすることに決めた。

クライヴが欠けたら『ベーカリー・スクライン』じゃないって。私も本当にその通りだと思う！

でも、クライヴは何も答えない。

もぐもぐもぐもぐ、と無言の食事時間は終わった。

ミシャの町を出たのは朝だったけれど、あたりは薄暗くなり始めていた。テントを張り、リュックの中から寝袋を取り出したクライヴは静かに言った。

「今日はもうこれ以上移動しない。魔法で結界を張ってここで休む」

「魔法で結界！　かっこいい！」

「サクラは明日の朝になったらミシャの町に戻れ。これ以上はダメだ、危ない」

あまりにも頑なだ。でも『これ食ったら』が『明日の朝になったら』に変わった。きっとこれはもう一押しなのでは？　そう思った私は宣言した。

「それなら私もルドー王国に一緒に行く。王宮に一緒に行って、あの王族直属の騎士団？　の人に、クライヴを連れて行かないでくださいってお願いする」

響きは冗談ぽく聞こえたかもしれないけど、私は本気！

だって、せっかく『対話』っていうスキルを持っているらしいんだもん。いつも私を守ってくれるクライヴのために役立てたい。……まぁ、地味すぎて効くかどうかはわからないけど。

私の言葉は無視して、クライヴは立ち上がる。

「まぁいいや。とにかく、今夜はテントの中はサクラが使って。俺は外にいるから」

――ん？

私は思いっきり首を傾げた。

「？？？　何で？」

「……また魔物とかドラゴンが襲ってきたら危ないだろ、俺が見張っとくから」

「だって結界があるんでしょ？　大丈夫じゃん、問題ない」

「まぁ、それはそうだけど」

「ドラゴンと戦って疲れてるだろうし、ちゃんと休まなきゃダメだよ？　このテント意外と広いし、二人で入っても全然問題ないよ！」

「ちょ……待て、お前ほんとに」

モゴモゴと口ごもるクライヴを私はテントの中に押し込んだ。

私、この世界にやってきたときに鑑定スキル持ちの人に『ただ声が大きくて力が強い』って評価されたほどに、力持ちなんだよね。

パン作りだけじゃなくて、意外なとこで役に立って良かった！　クライヴを見事にテントの中に押し込むことに成功！　よしっ。

満足している私とは正反対に、クライヴは頭を抱えている。

「……お前なー……」

「さすがに寝袋まで一緒とは言わないよ？　寝袋を開いて敷いて、ブランケットを一緒に被ろう、ほら。はーふかふか。私アウトドア好きなんだよね。久しぶりだぁ」

「……。俺、もう知らないからな……」

クライヴはそう言うと、諦めたように寝袋の端へごろんと寝転がった。

何か旅行みたいで楽しいね⁉　って言いそうになったけど、今はそういう場合じゃないのはわかる。クライヴがルドー王国に行ってしまうかどうかの瀬戸際だ。

私に背を向けているクライヴに、言い聞かせるように伝える。

「ねえ、本当に一人でルドー王国に行くのなんかダメだからね？　わかってる？」

「…………」

クライヴは答えてくれない。でも私は続けた。

「本当に意味がわかんないからね？　大事な家族の一員が急にいなくなったら、どんなに心配するのか考えたことある？　私とおばあちゃんがそのまま見送るような人間だと思った？　ほっとくわけないじゃん。クライヴは大切な家族なのに」

そこまで言うと、クライヴはむくりと起き上がる。

さっきまで私の問いを無視していたくせに、顔は別に怒っているわけじゃないみたい。そうして真剣な表情で口を開く。

「……俺の一族――リドゲート一族は代々ドラゴンとの戦いに特化した能力を持つ人間が生まれるようになってるんだ。ただ、だんだん力が弱まっていて、十分な能力を持つ人間は稀にしか生まれなくなった。この前サクラに話しただろ?」

「うん。聞いたよ。だから狙われてるって」

「そう。一族の皆の力が弱まり、生まれてくる子どもの力も失われつつある中、久しぶりに高い能力を持って生まれたのが俺だった。仕事も名誉も失いつつある一族の中で、俺は妬まれ疎まれ邪魔者扱いされ、最後には捨てられた。俺を捨てたのは、ルドー王国の王族にドラゴン討伐専門で雇われている魔導士だ。今回、ルドー王国はそいつの力が尽きたから、俺を迎え入れたいと」

「そんなの断ればいいじゃん!」

「あの日まではそう思ってた。でも、見ただろう。他国にいる相手に対して躊躇なく私設の騎士団を送り込んでくるような人間だぞ? 断ったらどんな目に遭うか。今まで、見つかっても力でねじ伏せりゃいいやって思ってたけど、サクラやばあちゃんが巻き込まれるかもしれないと思ったら」

クライヴはそこまで言った後、口をつぐんだ。

クライヴが私たちを大切に思ってくれてるのはわかるし、私たちのために出て行ったことも、気持ちは理解できるよ。でも。

「……そんなふうにして守られても、ちっともうれしくないよ。エリノアおばあちゃんも、私も、そんなの望んでない。私がこうやって迎えに来たのが答えなんだよ」

ぽつりと呟くと、クライヴは唇を噛んだ。

まだ迷っているみたい。

私には対話スキルがあるみたいだけど、クライヴのことは全然説得できない。それだけクライヴの決意が固いってことなのだろうと思うけど、悔しいな。

「とにかく、私は一緒にルドー王国に行くから！」

念押ししたけど答えはない。代わりに、クライヴはまたごろんと横になった。

この話題はおしまいみたいなので、私もごろんと寝転がる。

あ、寝心地いいね⁉　凹んだばかりだったけど、何だかテンションが上がってくる！

「ねえ、一緒に寝るのちょっとドキドキだね⁉」

「は。今さらかよ。それに、俺のドキドキとお前のドキドキは絶対種類が違うだろ。一緒にすんじゃねえ」

「そうかなぁ。私今回、クライヴが目の前から消えちゃって、結構ショックだったよ？　もう会えないと思ったら、体が動いてた。すぐに追いかける準備をして、相談っていうよりはもう追いかけること前提でエリノアおばあちゃんのとこ行ってた」

「……」

出し抜けに、私に背を向けて横になっていたクライヴがくるりとこちらを向いた。

テントの中を照らすものはランプの明かりだけ。薄暗い空間の中で、目を閉じたままのクライヴの息遣いが聞こえる。

こうやって見ると、やっぱりクライヴってほんとにイケメンだな。まつ毛が長くて、鼻筋がすっと通ってて、ずっと見ていたくなる！

そんなことを考えていると、クライヴの声が思っていたよりもずっと低く響いた。

「今、二人きりで一緒に寝てるってわかる？」

「うん。たのしーね」

「さすがに意味はわかると思うけど……あんま年下扱いすんな」

あはは、そーだね！　って返そうと思ったんだけど。

その瞬間にクライヴがぱちりと目を開けた。真剣な眼差し。隣に寝転がってこっちをまっすぐに見ているクライヴから、何だか目が逸らせない。何これ？？？

どうしたらいいかわからなくなった私は、とりあえずくるりと背中を向けた。

さてさて、寝よう。

ドキドキしちゃうな、もう⁉


翌朝になると、クライヴは私がルドー王国について行くことにもう何も言わなくなっていた。

よしチャンス！　ルドー王国にクライヴを呼び寄せた王族の人を説得して、クライヴを連れてミシャの町に帰ろう！　って意気込んでいた私は、王都に到着した瞬間に捕えられたのだった。

——身体が宙に浮いている。

両手首を掴まれた私の足は地面に届かない。

「えっ？　離しておじさん？」

私を掴んでいるのは、この前ベーカリー・スクラインに来た騎士の人たちと同じ服を着た体格が良すぎる騎士。きっと仲間だ。クライヴが来るのを見越して、ここで待っていたんだと思う。

私を助けようとしたクライヴがすぐに剣に手をかけ魔力を纏わせた。

「彼女を離せ」

「君がおとなしくついてくればすぐに彼女を解放しますよ。クライヴ・リドゲートさん」

クライヴの言葉は、これ以上なく冷たい声で退けられた。

ひやり。首筋に冷たい感触が走る。ナイフがあてられていることに気がついて、さすがに動けない。

待って待って待って？　もしかして、これってバッドエンド目前なのでは⁉

ケイトとギル様ルートでは、バッドエンドで誰かが死んだりとかそういうことはなかった。

でも、ほかのキャラのルートではドラゴンに殺されたりとかライバルに妬まれてうっかり毒殺されるとかそういうバッドエンドもあった！

ていうか、私ここまでの間にドラゴンに二回食べられそうになってるし！

愛と冒険のファンタジー、エルきせの世界、リアルに怖すぎ！

とりあえず痛いな！　手首を持って吊《つ》るすのやめてほしいです。

「確かに、今はあなた一人で私たちのことは倒せるでしょう。でもその先はどうでしょうか。あなたを求めているのは、この国全体ですから」

私を掴んでいるのとは違う、金髪ロン毛の騎士がさらりと言った。

「クライヴ！　そんなの聞かないで！　私は……っ⁉」

声を張り上げたところで口が動かなくなる。何これ⁉　もしかして言葉を封じられちゃった⁉

「この女うるさいですね。声が大きすぎる」

すみません！　でも待って！

この騎士の人たちは私のスキルのことを知らない。だから、ただ単純に私の大きい声を封じたくて口を閉じさせたんだと思うけど……でもこれじゃあ、クライヴがついて行っちゃう！

いや、それはクライヴの予定通りなのかもしれないけど。でも私はクライヴと一緒に帰りたいのに！　ダメそんなの！

もごもごもごもご。喋りたいのに呻き声しか出なくてもどかしい。

一方、悔しそうに唇を噛んでいたクライヴは、剣からかけていた手を離してしまった。

「……本当に彼女を離すと約束してくれますか。危害を加えることなく、家に帰すと」

「もちろん。もし心配なら、隣国のミシャの町まで彼女を送り届けてもいい」

だめ。クライヴ、頷かないで……！

「わかりました。それなら一緒に行きます」

そんな！

呆然とする私の前で、クライヴは連れて行かれてしまったのだった。

【第五章】真実の愛で咲く花

一人になった私はルドー王国の王都の城下町をトボトボと歩いていた。

「一緒に来たのに、何もできなかった！　悔しい！　クライヴはずっと私を助けてくれたのに、あーもう腹がたつううう！」

こんなに悲しくてどうしようもなく悔しいのに、なぜかお腹は空くもので。パンの焼けるいい匂いに誘われて、私はフラフラと喫茶スペースのあるパン屋さんに入った。

「おいしそう……なんだけど」

大好きな小麦の匂いにテンションが上がらない。

虚《うつ》ろな私の視界には、プレッツェルやベルリーナラントブロートが並んでいる。ぼーっとしたままライ麦の田舎パンとカフェラテを購入し、カフェスペースの空いている席についた。

田舎パンにはソーセージとザワークラウトがついてきた。クライヴが一緒だったら「パン屋でこんなのありかよ」ってびっくりするに違いない。

そんなことを考えながら、私は一人きりパンを噛んだ。

絶対においしいはずなのに、味がしない。

子どもの頃から、声が大きくて元気だねって言われてきた。でも今は、どうやって元気にしていたのかわからないぐらい元気が出なかった。

「——おいしくないですか？」

不意に声をかけられて、私は顔を上げる。

声をかけてきてくれたのは、赤い髪のおじさん。おじさんっていうよりはおじいちゃんに近い感じ、かな。赤い髪。……ん？　赤い髪？？？

私が戸惑っていることには目もくれず、おじさんは私の向かいに座って続けた。

「ここのパンは絶品のはずなんだけどな。噛めば噛むほど風味が増すライ麦パンはエールとよく合うんだ」

私は目の前のおじさんをまじまじと見る。赤い髪、琥珀色の瞳、そしてガタイがいい。

流れで、おじさんの手を取って見てみた。ゴツゴツ。剣の握りだこみたいなのがある。

……あれ？

「もしかして、おじさんってリドゲートさん？」

クライヴを連れて行った人たちが連呼していたその家名を口にすれば、おじさんは少しだけ驚いた表情をした後、優しく笑った。

「そうだよ。私のことを知っているのか。私は思ったより有名人みたいだな」

おじさんの名前はブルーノ・リドゲートさんっていうんだって。クライヴのお父さんの少し歳の離れたお兄さんで、何というかやはりというか、クライヴを捨てた張本人だった。

でも話を聞いてみると、本当のところはちょっと違うみたい。

「クライヴをエリノアさんのとこに預けたのは八年前かな。クライヴは『ドラゴン殺しの魔導士』一族の中でも特に優れた能力を持っていて、そのうえ賢かった。一族の中では彼を妬む家もあってね。それで、パン好きの友人だった隣国のエリノアさんに託したんだよ」

「それは、クライヴを一族内のトラブルから守るためですか？」

「それもあるけど、一族で優れた力を持つ人間はルドー王国の専属魔道士として国の監視下に置かれ、自由を奪われることになる。私も、十代の頃から囚《とら》われて生きてきた。でも、あの子にそんな人生を背負わせるのは嫌でね。クライヴが頭角を現したのを見て、逃がしたんだ」

クライヴから聞いていたのとは全然違う話にびっくりする。クライヴは自分が捨てられてエリノアさんに拾われたと思ってるけど、実際には違うんだ……。

このブルーノさんはクライヴに幸せな人生を送ってほしかっただけなんだろうな。そこまでして守ろうとしたクライヴは結局ルドー王国の人に連れて行かれてしまったし、クライヴはブルーノさんのことを誤解したままなんだ。悲しいな。

やるせなさにため息が出る。

「……それでも、クライヴは王族の私設騎士団の人に連れて行かれてしまいました」

「ああ、残念だよ。私が力を失わなければ良かったんだが、歳には勝てなくてね。知らないうちに調査をされていて、クライヴを託した先がバレてしまった。見つからなければいいと思っていたが……やはりそう簡単ではなかったみたいだな」

ブルーノさんはとっても寂しそうな顔をしている。私もついさっき起きた出来事を思い出して暗くなったところで、とんでもない質問をされた。

「ところで、君はクライヴの恋人かな？」

「!? わ、わた、私が!? まさかぁ！」

ぶんぶんぶんぶん、首を振る。クライヴからは『真実の愛で咲く花』をもらったけど、何も起きなかったし！　恋人じゃないよ！

けれど、ブルーノさんはあまり納得していないみたいだった。

「クライヴを追って隣国まで来たんだろう。見たところ、君は魔法も使えないね。それなのにクライヴを助けたくてここまで頑張るなんて、並大抵の覚悟じゃないと思うよ」

「いや、覚悟っていうか、ただ私はクライヴと一緒にベーカリー・スクラインでいつもの毎日を送りたいだけで！」

「それは君にとってクライヴが特別だから一緒にいたいってことなんじゃないのかい？」

……そうなの？

ブルーノさんの言葉を理解した瞬間、頭をゴンって殴られたみたいな衝撃に襲われた。

私は、クライヴと一緒にパンを焼いている時間が楽しいだけなんじゃなかったっけ。

クライヴは、二歳年下で弟みたいにかわいいけど、パンのこととかお店のことではすごく頼りになって、エリノアおばあちゃんにしっかり恩返しをしたいと思ってるところは本当に素敵だと思う。

でも、恋人って。うーん？

私がこの世界に馴染めるようにいろいろ試行錯誤してくれてることや、乗馬を始めたいと言ったら初心者の私でも付き合えるカスミを見つけてきてくれたこと。その辺りのことは考えれば考えるほどクライヴのことで頭がいっぱいになるからあまり考えないようにしてる……かもしれない。

そういえば、ドラゴンからはいつもかっこよく守ってくれるな。あのときはちょっときゅんとするかも！

そんなことを考えていたら『真実の愛で咲く花』をもらった翌日、枯れてしまったその花を見たときの気持ちが蘇《よみがえ》った。寂しいような残念なような、不思議なモヤモヤ。

私、どうしてあんな気持ちになったんだっけ。

「ん？」

もしかして、私、やっぱりクライヴが好きなのでは……!?　それしかないよね？

自分で辿り着いた答えにびっくりしすぎて、私はポカンと口を開けた。本当に？　私が？　クライヴを？　一度そう思ってみれば、心当たりがありすぎる!?

一人で百面相をしている私に、ブルーノさんは教えてくれた。

「ただ、ドラゴン殺しの魔導士として国に囚われることになっても、悪いことばかりじゃないんだよ」

「そ、そうなんですか？　何かいいことがあるの？」

「ああ。お給料はいいいし、王城の敷地内に大きな家をもらえる。いろいろな特権が与えられるから羨望の眼差しで見てくる人もいるよ。クライヴが妬まれたのはそれもある。……ただ、自分の人生を選べない。職業も、暮らす場所も、結婚相手も」

「結婚相手まで？？？」

予想外の展開に、私は目を見開いた。

「特に、今は一族で力のある人間がクライヴ一人になってしまったからね。子孫を残すのは急務だ。私にも妻が五人いる」

「妻が五人⁉」

ちょっと待って？　ブルーノさん、ここまでずっといい話をしてきたのに、実は奥さんが五人もいるの⁉⁉

「ああ。迫力美人、知的美人、小動物かわいい系、元気はつらつかわいい系、清楚《せいそ》なお嬢様系。よりどりみどりだったよ。六人目を迎えても良かったけど好みの子がいなくてね」

「最低！　やむを得ずかと思ったけど、めちゃくちゃ楽しんでる！　最低！」

思わず叫ぶと、ブルーノさんは「ははは」と笑った。そうして、告げてくる。

「五人も妻がいたけど、私の子どもには誰一人として能力が受け継がれなかった。でもこれでいいんだ。私たちとドラゴンは共生していくしかないし、そもそも棲《す》み分けができている。たまに起きる不幸な出会いのために誰かが囚われ続けるのは終わりにしなければいけない」

「ブルーノさん……」

切なげに話すブルーノさんの表情からは、これまでの人生で相当な葛藤があったことがわかる。

でも、奥さんが五人もいるブルーノさん。妻をよりどりみどりだと言い放ったブルーノさん。尊敬はできないかな、うん。

「君もすっかり元気になったみたいだね」

「ブルーノさんのおかげです」

奥さんが五人いるってことが本当にすごすぎたよ。

「君はクライヴを迎えに行かなくていいのかな？　想像してみて。きっと、彼にも五人の妻が認められると思うよ」

「！」

想像するのがもう嫌すぎる！　こうしてはいられない！

ガタンと音を立てて立ち上がった私は、そのまま残ったパンとソーセージとザワークラウトを口に詰め込んだ。ライ麦のコクのある香りと、ソーセージの旨味《うまみ》の相性抜群！　ザワークラウトのさっぱり感も最高。さっき食べたときには味がしなかったのに、こんなにおいしかったんだ。

食べきれなかった分のパンは、紙袋に詰め込んだ。

「ブルーノさん、また今度ここでパンを食べよう？　クライヴも連れてくるから！」

急いでお店を後にしつつそう告げれば、ブルーノさんはクライヴに似た優しい微笑みで見送ってくれたのだった。


ということで、私はルドー王国の王城にやってきた。クライヴはきっとここにいるはず！

でもどうやって入ったらいいのかな。エルネシア王国の王城にも行ったことがあるけど、あれは気がついたらいいた、だったもんね！

門の前で考え込んでいると、門番らしい衛兵の一人が声をかけてきてくれた。

「中に入るために必要な許可証は持っているのか？」

「あっ、ハイ！　許可証ですね！　許可証許可証！」

はいはいはいはいはい、と元気に明るく返事をしてみたものの、そんなもの持っているはずがない。

よーし、ここは一芝居打つしかない！　対話スキル持ちの私なら、きっと勢いで何とかなる！

服のポケットや鞄を探すフリをしつつ、私は素っ頓狂な声を上げた。

「あれー？　ない！　どうしよう！　忘れてきちゃったんだ！」

「それならば許可証を持ってもう一度来るように」

予想通りの答えが返ってきたので、もう一芝居打つ。

「はぁい。……でもこれじゃあランチに間に合わないな」

「？　ランチ？」

「私、リドゲートさんのランチのパンを配達に来たんです」

そう告げて、紙袋を掲げた。中身はさっきパン屋さんで買った食べかけのパンだけど、袋さえ開けなければ大丈夫。私の言葉を聞いた二人の衛兵は目配せをしあっている。

「リドゲートってあれだな。ドラゴン殺しの魔導士。行き先ははっきりしている、か」

「しかもこの人の髪の色を見ろ。異世界人だ。異世界人は皆国で管理していて身元が確かだ。中に入れても問題ないだろう。……いいぞ、通れ」

やった！　これも『対話』スキルだよね！　めちゃくちゃすぎる言い訳でも、ちょっと無理すれば何とか自然に押し通せる！　ほんと地味だね！

「ありがとうございまーす！」

許可証がないのに王城内に入れちゃった。パンの力ってすごい。

無事に中に入れた私は、キョロキョロと周囲を見回しながら歩く。

王城の敷地内は、エルネシア王国とほとんど変わらないみたいだった。エネシー城なら地図を暗記してたんだけどな？　ここからどう行ったらクライヴに会えるんだろう。

そう思いながら庭園に視線を送れば、噴水のところに白い花が咲いているのが見えた。あれ？

見覚えのあるその佇まいに、近くまで行ってみる。

「あー！　これ！　真実の愛で咲く花だ！」

うっかり大声になってしまったので慌てて両手で口を押さえた。でも、確かにこれはクライヴと一緒に丘で見た花と同じもの！

「この前は色が変わらなかったけど……」

そう呟いて花を摘むと、ほのかな甘い香りが鼻腔《びこう》をくすぐる。この花は噴水の脇から生えていて、雑草に紛れていたのだ。誰かが育てているわけではないと思う。

それに誰も摘まなかったら二十四時間以内に枯れてしまう花。それなら、私が摘んでも大丈夫だよね？

私は花をそっとポケットにしまうと、また周りを見回した。きっとクライヴはこの王城へ一時間ぐらい前に到着しているはず。

「愛と冒険をテーマにした乙女ゲーム的な展開から言うと、最初は国王陛下に謁見してるよねえ、たぶん」

すっかり元気になった私は、前世でのプレイヤーとしての知識をフル活用することにする。

「エルネシア王国のエネシー城は、謁見の間が王城内の一番真ん中にあったっけ。たぶん、ここが隠しキャラを攻略するスペシャルストーリーの世界なら、妙なとこに予算はかけないはず。つまり、このお城の中もエネシー城と同じような地図になってるに違いないわ！」

最近はパンばっかり焼いてたけど、オタクの記憶力と執念を舐めないでほしい！　つまり、クライヴは謁見の間に通じる回廊を通るはず。そこで声をかければいける！


予想は当たっていた気がする。

王城内をうろついて、中央へ続く回廊を見つけた私は茂みの中に隠れていた。

さっきの庭園には誰もいなかったけど、この辺は何だかざわざわしている。たぶん、珍しい訪問者——を見に来ているんじゃないかなぁ。

「ドラゴン殺しの魔導士の末裔が来ているみたいよ」

「リドゲート様は力を失ったって話だもんな。もう後任が来たのか。王都周辺には滅多にドラゴンが出ないけど、いてくれるだけで安心だね」

「まだ子どもだって聞いたけど、ものすごい美少年だって」

最後の言葉の後に、きゃあ、と悲鳴が上がる。わかる、わかるよ。私、たまにクライヴが三次元にいることがちょっと信じられなくなるもん。

うんうんと頷きながらこっそり回廊を眺めていると、騎士団の人たちに囲まれて歩くクライヴが現れた。やっぱり予想通りだった。

私のテンションも上がったけど、悲鳴はさらに大きくなって、女の人の声がたくさん聞こえてくる。

「まぁ、本当に整った外見でお美しい方ですわね」

「前任者のように奥様を複数お求めかしら」

「もし五人なら、そのうちの一人に立候補してもいいかもしれませんわ」

ひえええこの国の倫理観おかしくない……？

さすが『エルきせ』の世界！　このまま続編シナリオが始まっちゃいそうな雰囲気をひしひしと感じるけど、とにかくクライヴまでおかしくなっちゃう前に早く王宮を出なきゃ！

でも、クライヴってばなかなか一人にならないんだよね……。

とりあえず、私は茂みの中をガサゴソと移動する。細い木の枝や葉っぱが身体のあちこちに刺さって、痛い。

だけど、私ってばめちゃくちゃ運が良かった！　私が隠れている生垣は、その次にクライヴが案内された『ドラゴン殺しの魔導士』が住む離宮まで綺麗に続いてた！　本当にラッキー！

クライヴを離宮へ案内し終えた私設騎士団の人は、ほっとした様子で話している。

「必要なものがあれば何でも準備する。君はここで暮らしてくれるだけでいい」

「……年に数回出る程度のドラゴンだろ？　しかもドラゴンは結界を避ける。王都に被害が出るとは考えづらいだろう。別に、ここに俺を留《とど》めておかなくてもいいんじゃないか」

「これは以前からの決まりだ。それに、ドラゴン殺しの魔導士は貴重だ。こんなふうに待遇だって破格だ。普通、不満なんて出ないだろう？」

「……この世界の全員が、贅沢をして暮らしたいわけじゃない」

クライヴが悔しそうに答えると、騎士の人たちは心底不思議そうな顔をしていなくなってしまった。

離宮専用に作られた庭で、クライヴは立ち尽くしている。

うん、これはチャンス！

がさごそ。

「……さっき、おいしいパンを買ったんだ。食べない？」

そう声をかけて茂みから顔を出すと、クライヴはこれ以上ないぐらいに驚愕《きょうがく》の表情を浮かべた。

待って叫んじゃダメ。人に見つかったら私すぐに追い出されちゃうよ⁉　慌てて人差し指でしーっ、てジャスチャーをするとクライヴは頷いてくれた。

「……サクラ、何でここに。帰れって言っただろ？　つーか、どうやってここまで入ってきたんだ？」

「へへへ、私には『対話』っていう地味なスキルがありまして」

「本当に役立ってんのかよ、あれ」

「意外とね？」

「わかったから早く帰れよ。この前も言ったけど、俺はサクラには幸せになってほしいんだよ」

「…………」

もっと怒られると思っていたけど、クライヴは困った顔をして深いため息をついた。

きっと、クライヴも知らない場所で緊張していたんだと思う。

謁見の間からずっと硬く強張《こわば》っていたクライヴの表情がふっと緩んだのを見たら、私は何も考えずに口にしていた。

「ねえ、クライヴ。私、言ってなかったんだけど」

「何だよ？」

「私、クライヴが好きなんだ。クライヴは私の幸せを願ってるみたいだけど、それにはクライヴが絶対必要なんだよ？　だから、一緒にベーカリー・スクラインに帰ろう」

「は」

「早く行こう。今なら大丈夫、誰も見てないし」

「……は？　いや待って」

「何？　人が来ちゃうよ、早く着いてきて」

ぐい、と手を引っ張る。クライヴは動かない。あれ、私力持ちのはずなんだけどな？　何で着いてこないの、と視線を送ると、クライヴはおでこを押さえた。

「いや今なんて？」

クライヴは本気で混乱しているみたいだった。顔を真っ赤にして、目を泳がせている。

「だから、人が来ちゃうから早く着いてきて、って！」

「いやちげーよ、その前だよ。サクラって俺のこと好きだったの？　あんなに俺の好意をスルーしてたくせに？　嘘だろ？」

「あー、ほんとほんと。気がついたのはついさっきなんだけどね」

そう告げれば、クライヴはますます赤くなってついに座り込んでしまった。

あーもう！　座ってる暇ないんだけどな⁉　しびれを切らした私は、ポケットからさっき摘んだばかりの秘密兵器を取り出す。

「ほら見て。この花、ここの王城の庭園で見つけたんだけど『真実の愛で咲く花』だよ。これ、クライヴにあげる」

「…………」

「クライヴが受け取って、色が変わったら信じてくれる？」

「…………まじかよ」

地面に胡座《あぐら》をかいたクライヴは恐る恐る手を差し出した。その手に、花の茎が触れる。しっかりと摑んだ瞬間に、真っ白だった花びらにはパッと鮮やかなピンク色が差した。

うわぁ綺麗！　こんなふうに染まるんだね？

一方のクライヴはというと『真実の愛で咲く花』と私の顔を交互に何度も何度も見比べている。

そして満を持して呟いた。

「まじかよ」

「まじですよ」

「こんなにあっさり言っていいのか？　花もポケットから『仕方がないな』みたいに出してきたけど？」

「だって仕方がないじゃん。時間ないもん。クライヴが私とエリノアおばあちゃんを思って犠牲になろうとするのと同じぐらい、私もクライヴが大事だよ。クライヴがいないと私は幸せじゃない！　それをわかってもらうにはこの花が一番でしょ？」

「そりゃそーだけど……」

クライヴはまだ決心がつかないみたいだった。

どう伝えたらいいんだろう。クライヴの心を溶かして、気持ちを変えられるような言葉が欲しい。

そう思ったら、胸の奥が熱くなって言葉が溢れた。

「クライヴ。私さっきブルーノ・リドゲートさんに会ったよ」

「!?　ブルーノ、って」

「ブルーノさん、クライヴを捨てたわけじゃなかった。誤解だった。大好きだからこそ、嘘をついて逃がしたんだよ。一人でミシャの町を出て、私とエリノアおばあちゃんを守ろうとしたクライヴならわかるよね？」

「………ああ」

「だから帰ろう。おんなじことを繰り返しちゃダメだよ。私たちはクライヴがいればいいの。もしあんなわけわかんない騎士の人たちがベーカリー・スクラインに来ても、箒とちりとりで追い返せばいいし、町の人たちだって協力してくれるよ。クライヴは皆の人気者だもん」

そこまで言ったところで、私の手をクライヴがぎゅっと摑んだ。

ちょっとミステリアスな雰囲気さえ感じる琥珀色の瞳の中に私がいる。

心なしか愛おしそうな眼差しにも見えて、さっきまで全然恥ずかしくなかったのに急にどうしたらいいかわからなくなった。

えっ本当にどうしよう⁉

そう思ったところで、さっきの騎士たちの話し声が近づいてきた。こんなことしてる場合じゃない。早く行かなきゃ！　クライヴの顔を見上げると、しっかり頷いてくれる。

「――サクラ、こっちだ」

やっと、私とクライヴは逃げ出した。

手を引かれて、ちょっとドキドキしたのは秘密！

【エピローグ】

数日後。私とクライヴはミシャの町に戻ってきていた。

ルドー王国から追っ手が放たれそうになったんだけど、なんとそれをブルーノさんが止めてくれたみたい。

実は、ブルーノさんの五人の奥様のうちの一人『清楚なお嬢様系』はルドー王国の国王陛下が目に入れても痛くないほどにかわいがっている末っ子の王女様だったらしい。

その王女様と孫たちに怒られた国王陛下は『ドラゴン殺しの魔導士』を王宮に軟禁することをやめたそうだ。こんなにあっけなく解決するんだね？

ブルーノさんがもっと早く声を上げていれば、皆がこんなに悩む必要なかったのでは？　まぁ、五人の奥様たちとの楽しい毎日を捨てられなかった気持ちはわかるけど……ううん、やっぱりわかんないかも！

私とクライヴは、またサンドイッチを持って丘にやってきていた。

「今日のサンドイッチの具はエビフライ！　朝からいっぱい働いた私たちにぴったりだよね！」

「おーうまそう。そういえば、朝のラッシュの後なんか揚げてたな？　あんなに油を使う料理、この国であんま見ないよな」

「小麦粉と卵で作った衣にパン粉をまぶして揚げるの。私がいた世界ではすごくポピュラーなメニューで、すっごくおいしいんだよ。……あ！　今度はコロッケも作ろう！　コロッケパン、絶対に人気が出るから！」

そう言って、私はエビフライと千切りキャベツを挟んだサンドイッチにかぶりつく。さくっさくのエビフライに甘めのソースが絡んでおいしい！　プリップリのエビとタルタルソースって一緒に食べるととろけるんだね？　そしてすべてのオイリー感をさっぱりさせてくれる千切りキャベツ！　その全部を包み込むのがふかふかみっちりの食パン！　あーこの食パンの上にダイブしたい！

「ん〜おいし〜い！」

ついつい叫んじゃう。この食べ物を作った私とクライヴって神なのでは？

あまりのおいしさに悶《もだ》えていると、クライヴが呆れたように笑った。

「サクラ、ソースついてっぞ」

あらら。クライヴが自分の口の端を指さして教えてくれた場所を、ごしごしと拭いてみる。

「取れた？」

「まだ。もう少し下だよ」

「この辺？」

全然違うみたいで、微妙な顔で首を振られた。

「もーちょっと！　何その顔！　それなら拭いてよ」

……とまで口にしたところで、隣に座っていたクライヴが私のほうに身を乗り出してきた。

サンドイッチを持っていないほうの手を握られた、と思ったら唇の端に濡れたような感覚が走る。

クライヴが私の口の端を舐めたのだ、と気がつくまでに数秒かかった。

――えええええええ!?

ちょっと待って恥ずかしくて叫びたい！　そう思ったところで、一旦は離れたはずのクライヴの顔がまた近づいてくる。

身動きが取れない、わずかコンマ数秒後。

今度は、口の端じゃない、唇に温《ぬく》もりを感じた。

そうして、まだ吐息を感じる距離でクライヴは告げてくる。

「……サクラのこと、大事にする」

「!?!?!?　わー！　なんか甘酸っぱーい！」

思わず叫んでしまった私の耳に、クライヴの「うるせーな」って声が響いた。

でも本気で言ってないのが丸わかりの、あったかくて優しい声だ。ミシャの町で生きていくことに決めた私が一番安心する、クライヴの声。

大好きな人の声と、焼きたてのパンの香り。私にとっての『エルきせ』のハッピーエンドは、クロワッサン・ダマンドよりもずっと甘くて居心地がいい。

丘を吹き抜けていく風の中に、真実の愛を知らせてくれる白い花の爽やかな香りを感じた気がした。

Ｊパブリッシング　https://www.j-publishing.co.jp/fairykiss/　定価：1430円（税込）

じゃじゃ馬皇女と公爵令息
iyajyauma koujyo to
koushaku reisoku
月神サキ
Saki Tsukigami
Illustration 堤
両片想いのふたりは
今日も生温く見守られている
お見合い連戦連敗の
皇女様の恋は波乱含み!?
フェアリーキス
NOW ON SALE
皇女ディアナは見た目は可憐な美少女だけど、中身は格闘技も得意なおてんば娘。恋愛結婚に憧れて留学した先で、武芸に秀でた公爵令息クロムに一目惚れしてしまう。健気にアタックするが、堅物な彼から手合わせに誘われてばかり。もしや恋愛対象どころかバトル仲間と思われている？　ところがディアナを狙うライバルを彼が意識してから様相が一変。「戦っている君は、戦いの女神と見紛うほどに美しい」破壊力抜群の甘々な言葉を投げかけてきて!?
フェアリーキス
ピンク
fairy kiss
Jパブリッシング　https://www.j-publishing.co.jp/fairykiss/　定価：1430円（税込）

王子様の婚約破棄から逃走したら、ここは乙女ゲームの世界！と言い張る聖女様と手を組むことになりました

著者　一分 咲

2023年8月5日　初版発行

発行人　藤居幸嗣

発行所　株式会社 J パブリッシング
〒102-0073　東京都千代田区九段北3-2-5 5F
TEL 03-3288-7907　FAX 03-3288-7880

製版　サンシン企画

印刷所　中央精版印刷株式会社

ISBN：978-4-86669-593-8
Printed in JAPAN